U0463577

相亲者女

周婉京 著

团结出版社
UNITY PRESS

图书在版编目（ＣＩＰ）数据

相亲者女 / 周婉京著. -- 北京 ：团结出版社，
2019.3（2019.7 重印）
ISBN 978-7-5126-6724-2

Ⅰ. ①相… Ⅱ. ①周… Ⅲ. ①中篇小说－中国－当代
Ⅳ. ①I247.5

中国版本图书馆CIP 数据核字(2018)第 259523 号

出　　版：团结出版社
　　　　　　（北京市东城区东皇城根南街 84 号　　邮编：100006）
电　　话：（010）65228880　　65244790　（出版社）
　　　　　　（010）65238766　　85113874　　65133603（发行部）
　　　　　　（010）65133603（邮购）
网　　址：http://www.tjpress.com
E-mail：zb65244790@vip.163.com
　　　　　　fx65133603@163.com（发行部邮购）
经　　销：全国新华书店
印　　装：三河市东方印刷有限公司

开　　本：140mm×210mm　　　　32 开
印　　张：7.375
字　　数：102 千字
印　　数：5046-7500
版　　次：2019 年 3 月　　第 1 版
印　　次：2019 年 7 月　　第 2 次印刷

书　　号：978-7-5126-6724-2
定　　价：36.00 元

再版序

从《相亲者女》到"三城女事"

　　最近提到《相亲者女》时，读者最常谈起来的两个词，不再是"90后"和"女博士"，而是"都市书写"和"女性主义"。这让我从编辑韩旭女士处听闻《相亲者女》将要再版时，多了一分惊喜。从2019年3月付梓出版至今，三个月中我走过了许多路，与前辈作家和读者共同经历的时光像是在不断缝合我的"存在"，"我"的改变，相信大家都看在眼里。

　　读者给我的反馈中，不乏有批评的声音。他们的理由也很充分，有的是说文字上通篇没有什么修辞（书中对资本的赤裸描写加深了修辞的赤裸感），或者质疑我对男人的描写手法，说我是"厌男症重度患者"。对于修辞，我想我有必要回应一下。我不是本能的抗拒抒情，我只是担心我会陷入一种抒情的误区——将一切来路不明的情愫当作自己活下去的救命稻草，并且紧紧抓住。提防抒情的误区，这让我从骨子里无法成为这个时代最"接地气"的文艺女青年，也让我无法在"渣男"施展招数的时候依偎在他们肩膀上嗲嗲地随声附和。正是因为我的坚持，这些先前批评我的男性读者很多都转变成"相亲者女"的男闺蜜。我想，他们支持的倒未必是我这个作者，而是具有独立、自信的女主角。

从上海雍福会到北京坊PageOne书店，《相亲者女》的线下活动更像是家庭聚会。所有人都在向所有人提问，如同家人一般共同寻找情感的出口。读者阿花在问问题的时候哭了，她留着眼泪诉说她对未来的种种不确定性。那一刻，我和她一样悲伤。

在和读者讨论问题时，我们向来只说解决的方法，不谈"主义"。即便我知道，"主义"是何等好用。例如，我可以轻松给我的小说扣上"后现代主义"的帽子，不管它是否与后现代理论真正产生联系。后来，我为了讽刺这种无处不在的"主义"式共情，我在杭州单向空间举办了名为"后人类主义者的爱情"的新书分享会。来到现场，读者们才恍然发现，我的"三城女事"系列小说其实跟"后人类主义"没多大关系。我没跟任何人提起过，甚至连到场的几位嘉宾、哲学家朋友都不知道，我是在借题发挥，目的还是让参与讨论的人回到一个与"主义"无关的实在的语境。

此外，还有一类读者可能会失望，那就是希望通过阅读《相亲者女》而走上"恋爱成功学"这条路的人。我只能遗憾地告诉大家，我的这本小说是在描写残酷的婚恋现状，并非是颂扬美好的爱情。女主角经历了负心汉、骗子、婚托，虽说是当代都市生活两性交往的"面面观"，却难以做到面面俱到。甚至有时我想，这么典型化的人物被塑造出来，却不必代表什么。说到底，这本中篇小说还是一个短篇小说的结构，它的容量就那么大，我能展开来讲的故事篇幅也有限。什么要讲，什么不讲，这是不容易的。亦因如此，我完全无意于为读者摆上更多的被某些人称为"主义"的先锋性文学样本，那些寓言的、魔幻现实主义的、炫技的字眼，对不起，跟我无关。我只想好好讲故事，讲一些开心中夹着些许忧伤的小故事。

　　至于女性书写与女性小说的成分，它的"溢出"完全是一个意外。我去年8月在创作这本小说时，还没能完全理解自己的女性身份。我对自己女性身份的觉察似乎就是在完成《相亲者女》与《隐君者女》的过程中才出现的。同期，我在写艺术评论的时候，开始研究美国女性主义批评家巴特勒（Judith Butler）和哈拉维（Donna J. Haraway）的作品。她们的批评文章比波伏娃（Simone de Beauvoir）更进一步，她们在波伏娃的基础上建构了新的一层阅读。我很喜欢巴特勒对"生物之性"进行的反思，她就此得出了她的著名结论：

身体不过是被"置放于"（posited）或"符示"（signified）为在其行动之先的一个存在。我在创作《相亲者女》和《隐君者女》之时，逐渐明白了巴特勒所谓的"行动"与"身体"的意义。对我而言，这两者之间从来不是割裂的关系。虽然表面上来看，《相亲者女》是以行动（对话和动作）贯穿剧情的小说，《隐君者女》是以身体书写（性与情欲）发展线索的小说。但对我而言，行动与身体从来都是一体的两面。

我最近开始写"三城女事"系列的最后一部作品，请大家祝我好运。就目前的进展来说，它很有可能会变成一本中篇或长篇小说。这让我再次失去了创作脍炙人口的短篇小说的机会。不知怎的，我总是跟"爆款"保持一定的距离。这并非出于刻意，我想我可能更适合做学问吧。网红的流量和热络，来得快，去得也快。比不过写一篇批评"虚假女性主义"的艺术评论来得痛快，更比不上我老老实实地把故事交待清楚。

周婉京

2019 年 6 月写于北大未名湖畔

目　录

1
五行缺水

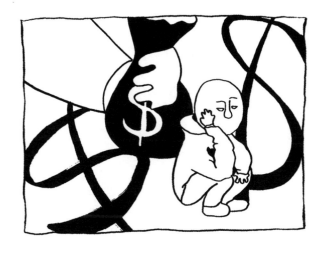

他还想说，

却被从天而降的一大桶凉水浇醒，

他站在水里，楚楚可怜的样子反而平添了几分帅气，

看来这男人还是水一点比较好。

我的第一次相亲，是在我 30 岁生日那天，2017 年 12 月 16 日。已经入冬的北京，像是去掉颜色的水彩画，冷而干燥，也像一张纸被揉搓许久后展开的样子。生活在现代都市，一个 30 岁的女孩没谈过一场恋爱，似乎已经没什么好大惊小怪。但我妈，一个双子座的满族、朝鲜族混血儿，一个刚刚开始察觉自己老了、继而开始担心起女儿的婚事的中年女性，她觉得我再不谈恋爱就来不及了。

于是，我妈在没知会我的前提下，替我准备了一份大礼——她约了一位张阿姨，那位张阿姨带了她儿子来。张阿姨是我妈的牌友，两人在牌桌上总是暗自较劲，但明面上又是腻在一起的好姐妹，这位张阿姨常常吹嘘她儿子在国外留学如何风光，我妈也吹捧我毕业于北大法学院。攀比之心愈演愈烈，以至于两人终于约定好，约上两个子女一起出来见一见。

我们约在工体的漫咖啡，我和我妈先到了，坐在二楼的阳光棚下。我们原定下午 2 点见，两位女士都想着喝咖啡好过吃饭，能省则省，毕竟多数情况下，相亲双方只见一次就够了。2点10分，张阿姨和他儿子走上了螺旋形的铁架楼梯，张阿姨穿了一件白色貂绒大衣，我妈立马撇嘴说：一看就知道是东北货，便宜货。

张阿姨见我妈穿了一件山羊皮大衣，笑逐颜开道：哎哟，亲爱的，怎么穿得这么单薄！

我妈答：谢谢亲爱的关心，我这是小外套，大外套是纯貂的，西伯利亚的高级定制，太厚了，热得难受，这不就扔在车上了。

张阿姨没接话，脸色有点不好看，她拉着儿子坐下来，见我面前摆着一杯水，二话没说就递给她儿子，她儿子倒是听话得很，一口气把水干了。我妈看他样子很渴，就把自己没喝的那杯水也让了出去，他儿子接过，谢都没谢一声，又干了一杯水。

我妈笑了，说：你儿子不是水命吧，这么喜欢水？

张阿姨马上指正：他呀，五行缺水，这不，小名叫淼淼。

一个淼淼，六个水。等我妈和他妈走了之后，他又要了一杯咖啡、两杯橙汁和一杯柠檬水，加上一坐下喝掉的两杯白开水，刚好凑足"六"。

他开口跟我讲的第一句话是：你信命吗？

我答，不信。

他说他以前也不信，直到他被骗走200万元。骗子是一位中年男性，在古巴做烟草生意，淼淼说这人是土命，专克他的水命。

他认识这个烟草商是在一个父辈的饭局上，和他爸爸一起去的。烟草商不懂中文，淼淼出于善意就主动坐到他旁边帮忙翻译，还讲解了一些北京的政策给他听。饭后，两人加了微信。烟草商为了感谢淼淼，隔天就单独约淼淼出来，请他在三环边上新开的宝格丽酒店吃饭。约定见面那天，烟草商特意提早到酒店门口迎他，还介绍了酒店外边的松树，是特意从日本空运过来的黑松，大堂一进门的蓝色肖像画出自法国华裔艺术家严培明之手，烟草商说半个法国的烟草都是从他那里进货。后来淼淼才知道，这些都是烟草商的套路，他让淼淼误以为自己住在宝格丽。

我问，既然摸不清底细，干嘛还要跟他做生意？

淼淼说，他自己刚从英国回来，急着干一番自己的事业，又不想接他老爹的班。

接班有什么不好吗？

这时候淼淼鼓起腮帮子，一张国字脸上泛着油光，神采奕奕地说：我可是海归，既然回到国内，肯定不能再走我父亲做能源的老路，产业模式必须要变。

刚开始"变"的时候，淼淼尝到了甜头。烟草商没收一分钱的押金，直接给了他一批雪茄，淼淼甚至都不用找买家，随便去了几个饭局，就把货全部出手了，净赚50万元。据说这批雪茄是卡斯特罗最喜欢的，也是古巴最贵的五大品牌之首，中国人按照它的西班牙语发音叫它"狗尾巴"。淼淼一瞅倒卖"狗尾巴"能赚钱，就决定大批进货，他连同第一次欠下的货款一起打给了烟草商，200多万元打到之后，烟草商人却不见了。起初，烟草商只是推辞说古巴最近时局动荡，一部分货压在海关出不来，他只能先交付一部分给淼淼。后来淼淼再去找人，对方直接拉黑微信，关了北京的代理点。

情急之下，淼淼只好央求老爸，托他爸的关系找人，他爸最后绕了一圈终于联系上了烟草商的上峰，但这人说他也是受害者，烟草商早就卷钱跑路，只剩下天津码头的一批货。等到淼淼他们连夜赶到天津港，想截下货，却被告知这批货是假雪茄，已经被有关部门扣查。最后，淼淼和他爸一同被海关审问了一番。有关部门顺藤摸瓜，摸出淼淼家和一些领导的裙带关系，一石掀起千层浪，但凡是收过雪茄的领导都惶惶不安，很快跟他家撇清关系。以至于他家原先的能源生意（其实就是在河北挖矿）也黄了一半。

我问：如果还留着转账记录，警察应该能查到你是被骗了吧？

淼淼尴尬地咧嘴笑道：哪那么容易，我压根就没转账，都是给的现金，用麻袋装的，不仅赔了最早赚的，还折进去了200万。

如果是现金交易，你肯定要见烟草商一面，或者至少跟谁碰头验货吧？

淼淼脸色一沉，眉毛一高一低，说：你的问题还真多啊。

接着，我又问了一个不该问的问题，我问他，这200万元是怎么来的？

淼淼说，钱是他爸借给他的。

你要，你爸就借你？

当然不是，他反驳说，我用一整月不吃不喝换来的，我妈实在心疼我，才给我爸吹了枕边风，软磨硬泡搞定了我爸。

我质疑道：如果是正当买卖，你爸怎么会反对？何况那个烟草商又是你爸介绍给你的。

淼淼忽然说了一句，别提那个女的了！我们……

　　女的？我马上打断他，这烟草商怎么忽然变成女的了？

　　嗨，一直都是女的啊，你看咱俩这才第一次见面，我没打算给你说那么详细，实话给你交代了吧，她是个女人，而且还喜欢过我，但我跟你说的这些话你千万别告诉我妈。

　　行，那你得实话实说。

　　他点点头，眼眸低垂，似乎我这要求有点强人所难，难免要勾起他的伤心事。他开始讲那个女人的事情，原来她根本不是什么古巴人，也不是他父亲介绍给他的生意伙伴。其实是他在去英国留学前的雅思培训班上认识了这个女孩。

　　所以都称不上是女人，是个小姑娘？我问。

　　淼淼点头，他自己也感慨，这埋藏在心里已久的秘密，除了他妈谁都不知道，怎么今天一见我，他竟然收不住了。他说这女孩很可怜，是落难的高干子女，其父是某个大领导的秘书，大领导的党羽失势以后，姑娘的父亲也被双规了，女孩原本在人大读书，只好辍学了。好在……他长叹一口气，这姑娘的母亲还有些关系，最后把她弄去了北大。淼淼猜到了我不信，他解释说，这姑娘是好人，就算他之后去英国读书，两人一直保持着联系，他每年暑假回北京，也会找这个姑娘出来玩。只不过说来奇怪，姑娘从来不让他去学校找她，说是怕自己家的事情牵连到淼淼，但后来淼淼生疑，托朋友去人大调档案，查资料的人却反馈回来——"此人信息不可查"。淼淼不知道这话的意思是"查不到"还是"不能查"，他自顾自地理解成因为姑娘家位高权重所以"不能查"，于是依旧听之任之。

姑娘漂亮吗？

嗯，长得像高圆圆，她个子很高，眼睛大大的，有点学生气，看上去蛮清纯的。

清纯怎么会骗你200万？

淼淼的回答突然强硬起来，哽咽着说，她不是骗子。

好吧，那200万去了哪儿？

她说她一个澳大利亚的朋友急用，救命的钱，如果那时我不借给她，她就找她澳大利亚的男朋友要。

你让她去找那个人要啊。

不行！我是她男朋友，她怎么能收其他男人的钱？后来，我一个月没吃没喝，我妈实在看不下去了，跟我爸下了最后通牒，没钱我们娘俩一起死。这200万元是救命钱，不是冲着我女友，是冲着我，他们要是不给我钱，我也活不下去了。

我笑说，看不出张阿姨还挺乐善好施。

淼淼马上辩驳道：我妈那是为了我……剩下的事，就是我之前说的，现金交接，没有记录。

你爱她吗？我问。

淼淼摇摇头说：我不知道，你怎么总是问一些我答不上来的问题，跟我妈似的。

你妈后来没追问这笔钱的下落？

当然有，不仅追问，还派了一个私家侦探去调查我女朋友，从北京追踪到石家庄。

石家庄？

她不是北京人，我妈后来跟我说也根本查不到她父母到底是哪个高官。

你怎么不找她当面对峙？

我问了！她刚拿了钱那阵儿，我们还有联系，我去石家庄找她，她还会见我，一起吃饭什么的。她那时从北京回到石家庄，没地方住，只能租一间不到20平方米的拆迁房，我看她可怜，就定了酒店，我们俩一起住。如果她撒谎骗我，那她干嘛要遭这个罪，干嘛不拿着200万远走高飞？我们在酒店里一待就是三个月，直到我妈来找我们。我妈带了她妈一起来，我根本不知道我妈是怎么找到她妈的，总之我妈那时特别生气，我一开酒店房门，她直接就杀进来了。之后，我们四个一起出去谈这件事，就像今天咱们四个一开始那么坐着，我一害怕就狂喝水。你也知道我妈有多可怕，她开门见山就喊人家母女是"狐狸精"，质问她们把我们家的钱糟蹋到哪儿去了。

她们怎么回答的，没生气？

当然生气，我岳母当时差点跟我妈扯头发。最后还是我调停了战争，我站起来跟我妈大喊了一句，我没把钱给她俩，我……我借给别人了！

可你分明把钱给了这女孩啊。

对，对，所以我妈整个人都不好了，她当时就抽了我一巴掌，让我把刚刚说的话重复一遍。那是我从小长这么大，我妈第一次打我。我当然也不依不饶，我，我就哭了，号啕大哭。围观的人一多，我妈就怕了，毕竟不能四个人一起哭吧，我妈立刻把我拽走了，在那之后，我就没再见过我岳母和女友。

我笑着说：淼淼，你刚刚没发现，自己管那姑娘的妈叫"岳母"。

他顿了一下，反问：有吗？

你前后说了两次，然后我说，其实咱们也是第一次见，我很欣赏你的坦诚，但我觉得……其实是我不好，我后面还有一个约会，要不我就先……

淼淼马上拉住我的手，你可不能走，我妈刚发短信，说她正盯着咱俩呢！

我忍不住翻了个白眼，张阿姨还真是关心你啊。

可不？你是我今年相的第53个女孩，我妈年前找人给我算过命，大师说我今年一定能找到好的，所以我妈比我还上心，by the way，我看她好像对你挺满意的，我相信我妈的眼光，自那件事之后更证明了全世界的女人都不是什么好鸟，世上真的只有妈妈好……对不起，我不是说你不是好鸟，你还挺好的，我妈说好，我就好。

我？别逗了，我哪里好，我什么都不会做，长得又不像高圆圆。

没事，长相什么的都是小事，我妈说你做律师？

对，给一家小律所打工。

那太好了，以后我们可以强强联手，你来辅佐我。

如果我是你的律师，我会先把那200万追回来。

别逗了，都去做公证了，你怎么追？

什么公证？

嗯……那个就是……我和那姑娘到公证处签了一个协议，钱是我自愿赠予的，不用还了。

听了这话，我往椅背上重重一靠。

倒是淼淼，他好像终于找到一个可以倾诉的垃圾桶，越说越放松，他轻轻地倚在扶手椅上，一只手转起了水杯，抬起另一只手，向侍者又要一杯咖啡。

侍者告诉他，点餐要下楼自己点。

淼淼一下不高兴了，他掏出一百元钱，丢给侍者：一杯橙汁，剩下的钱都归你。

我说，要不这样吧，不用麻烦他了，我去买。然后你跟张阿姨说一下，我愿意帮你把钱追回来，就算已经做过公证，我们还是有机会追讨，毕竟你是受害者，只要你配合举证，总有机会，那……我们今天就先到这里，下次我们都准备一下，要不到时你拿着证据来？

我落荒而逃，还没到家就收到淼淼发来的微信，他写道：周女士，特别感谢您今天拨冗与我见面，我对您的感觉是基本满意，论颜值可以给您打8分，论学历可以给您打9分，论身家、背景可以给您打9.5分，期待下次与您再见！

我看了之后哭笑不得，竟还有人给我打起分来了，还分得这么细，我想着不会再见这神经病了，就把他拉黑了。

大概又过了5分钟，我正要下出租车的时候，接到淼淼的电话。他怒气冲冲地质问我，怎么把他拉黑了？

我说，你很好，但是我们不合适，还是别见了吧。

挂断电话，我本想着没事，可是10分钟后，他竟出现在我家楼下。

我妈替我往楼下看了一眼，她立刻笑了起来，说，你快瞧瞧那傻孩子，蹲着哭起来了。很快，我就听见了刺耳的哭声，这声音伴着咒骂，好像在说什么"我招你惹你了，萍水相逢还请你喝咖啡，你你你凭什么删我微信……"

凭什么不能删你？说这句话的工夫，我已经站在淼淼跟前。

他抹掉眼泪，抬起脑袋看看我，可怜兮兮的样子。

我说，你都成年人了，怎么遇事就知道哭，你前女友是不是也是被你哭跑的？

他一脸委屈地掏出两个红本给我看，说道，其实她不是我前女友，她是我前妻……

虽然我已经被淼淼骗了两回，但得知是"前妻"后，我还是为之一惊。那红本上赫然写着"离婚证"三个字，我很疑惑现在离婚证怎么也是红的了，翻开后，传说中的"高圆圆"映入眼帘，实际上叫她"矮圆圆"一点不过分，那女孩长着一张赫石色的方脸，眼神里没有一点光泽，更不要说什么明艳动人了，不过，她跟白净的国字脸淼淼搭在一起倒是般配。

我冷笑一声，问，那你一开始，怎么不说自己结过婚？你知不知道这是在骗婚？

淼淼连忙摆手解释说：我和她那不算婚姻，完全不神圣，我妈压根不认她这个儿媳，而且我们都没在一起正经生活过，我只是逢年过节去石家庄看看她，她呢，拿着我的钱到处玩，好几次我都收到银行卡发来的短信，告知我她又在某某酒店花了多少钱，这样的老婆根本不算老婆，至少我妈说不算……

听到这里，我既生气又不耐烦，我唯一关心的只剩下那200万的去向。我问，那200万元到底怎么回事？

淼淼取回离婚证，憨憨一笑，反问道：嗨，钱是身外之物，不是吗？女人不能太计较钱，你一计较，我就怀疑你是不是真心的，如果咱俩有感情，不差钱，再说以你的能力加上我的条件，赚200万还不是分分钟的事！

我看你不是五行缺水，是缺脑，谁都救不了你。说罢，我掉头走了。

他好像又哭了，一边哭一边嚷嚷，姓周的，你有什么了不起，你又不是海归，你家有我家有钱吗？我结过婚怎么了，谁还不能犯错？我五行缺水怎么了？多喝点水不就好了，你看看你，一脸土样，一看就是土命，跟我前妻一样都会克我，还好我没要你，不然估计得一生穷，滚吧你，趁早滚！

他还想说，却被从天而降的一大桶凉水浇醒，他站在水里，楚楚可怜的样子反而平添了几分帅气，看来这男人还是水一点比较好。

那晚之后，我再没见过淼淼。我妈倒是因为这事跟媒人吵了一架，她质问媒人怎么一上来就介绍二婚的给我，媒人质问我怎么能拿水浇人。我妈跟媒人吵完后，好像还挺高兴的，她用吃瓜群众的视角品评淼淼，一边挑剔淼淼，她说也就张阿姨能教育出这样的奇葩，被人骗了200万元还不思悔改，冒充头婚去骗婚；一边数落我，她说我不该这么莽撞，她要是遇上淼淼这种人，没等三句话就要拿水泼他了，怎么可能等他喝完六杯水？怎么可能容他到小区来闹？最后，我要找对象这事就这么传开了，自此小区里再也没人敢惹我，他们都知道我恨嫁，连狗都绕着我走，他们都听说，我脾气特别不好。

2

从天而降的法海

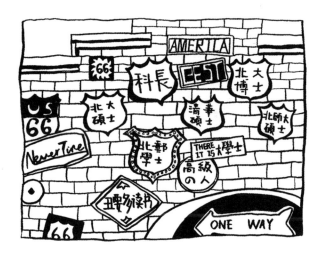

他是这么评价自己的：

我天资聪颖，干什么都是无师自通，做什么总是快人一步，他身边的亲友、师长无不赞叹，唯独一事，他至今也不太擅长。

什么事？

讨女人欢心，仅此一件。

中国有句老话，万事开头难。然而我的问题是，接下来的相亲也不怎么顺利。张阿姨为了报复我妈，早把话放出去了，说我"大小姐""脾气臭""难伺候"。这相当于一个新球员刚踢了一场比赛就被停赛，接下来的整个赛季都废了。好在我妈心宽，她说：没关系女儿，我帮你又找了一个媒人。这媒人是她大学同学，介绍了她的亲侄子给我。亲侄子姓冯，名辰，睡在他上铺的兄弟给他起了一个外号——"浪子"。

为什么叫你"浪子"？

你看这你就不懂了，冯辰，风尘嘛。

听他这样解释，我还是没懂。

他倒是一脸从容，没关系，我们有的是时间，且听我娓娓道来。

后来，我总结出一个真理，任何人跟你讲"且听我娓娓道来"的时候，你应该直接给他一个耳光，听陌生人矫情地卖关子，无异于"助纣为虐"，既损人又不利己。

冯辰说他是北大毕业的博士，现在已是某个机关单位的科长，正科，他特意强调了这一点。冯博士、冯科长、冯浪子先用了大概30分钟讲述他是如何读了四个本科、三个硕士和博士的，他原本计划同时攻读两个博士，但苦于国家教育部的限制，最后只能作罢，选择北大，被他舍弃的自然是清华。

他是这么评价自己的：我天资聪颖，干什么都是无师自通，做什么总是快人一步，他身边的亲友、师长无不赞叹，唯独一事，他至今也不太擅长。

什么事？

讨女人欢心，仅此一件。

我问，你这么优秀，喜欢你的人应该不少吧？

冯辰咧嘴笑了，露出他的四环素牙（我猜这是吸烟喝酒过量所致），整齐的一排黑黄色牙齿一张一合：你说得对，我条件这么好，追我的很多啊，但我嫌她们肤浅，不够高级。

怎么样才是高级？

"四环素牙"笑得更开心了，他说，他虽然平时既上班又进修，但是一有时间就出国旅游，他的足迹遍布五大洲。他喜欢约女孩一起旅行，顺便考验这女孩是否能够配得上他，他说：旅行最检验两人的"三观"了，就算能睡到一起，未必能旅到一起！接着他说，所谓"三观"嘛，人生观、价值观、世界观，我觉得最重要的还是世界观，你的眼界要够大，只有眼界够大，才能饱览天下奇闻！像我，就是一个很好的例子，通过高考从安徽考到北京，当时没料想自己的分数能上北大，只报了北邮，但我从没放弃北大的梦，冥冥之中我知道我就属于那里，我对未名湖念念不忘，于是我本科的时候去北大、清华和北师大上课，通过我的努力打动了老师，他们允许我跨学院进修，于是我就读了四个本科，是不是很棒？但我的优秀也让我十分苦恼，我太勤奋了，根本没把时间放在找对象上，耽误了自己不说，也害苦了那些等我的傻姑娘。哦对，刚刚我说到哪里了？

我回答，四个本科。

他立马接上，继续说：没错，一般人学到我这个程度就很容易自我满足，但我没有，我反而更加勤勉，终于在硕士的时候同时考上了北大、清华和北师大，我很兴奋啊，但是这次我就要挑专业了，我选了北大的国际关系、清华的金融和北师大的中文，你知道为什么吗？我告诉你，这三个专业是这三个学校最强的，我呢，就是想感受一下强强联手，其实我找女朋友也是这个条件，所以我听我小姨说起你也在北大读书，自家学妹啊，所以今天才勉为其难地答应我小姨，出来会一会你。

作为学妹，我相信你肯定能明白我，我之前交往过一个韩国女友，她很作，当然她不是北大的。我跟你说不能跟韩国人交往，真的，为什么呢，因为我跟她去肯尼亚玩了一圈，我就发现她每天早上都要花两个小时化妆，每天出门都是中午了，根本来不及看日出，全是因为她在耽误时间。有一天，我实在忍不了，我就问她，我说，这大沙漠里就我跟你两个人，你化啥呢，化给谁看呢？嚯，她急了，她反驳我，说我不尊重女性，非要跟我分手。师妹，你给评评理，到底谁错了？后来，我就跟她道歉，我一个博士跟她道歉，她竟然不依不饶，还骂我自私，说我三观跟她不和。回来北京之后，她到处说我的不是，直到这时我才看清楚她是啥人，真是悲哀。不过肯尼亚还是非常值得一去的，师妹，你去过马赛马拉吗？我猜你肯定没去过，人的一生必须去一趟马赛马拉，不然你白活了。要去你就在七八月份的时候去，正好赶上动物大迁徙，嚯，你看着数以万计的斑马过河，场面跟咱们2008年奥运会开幕式似的！哦，对了，你看过《走出非洲》没？

我刚想点头，他就抢过话去，说：没事，我有碟，你下次来我们家，我陪你看，这部片子就在肯尼亚取景的，肯尼亚首都内罗毕还保留着《走出非洲》作者的故居，明年7月，我们一起去逛逛怎么样？对了，你都去过哪里啊？最喜欢哪个城市？

冯辰忽然一问，我心里一惊，忽然感受到自己是灵魂出窍了，再回到眼前的时空，只觉得茫然无助。

"四环素牙"又出现了，我知道他又要开口讲话，他不能容忍一秒的停顿，像机关枪一样扫射其他说话的人或物。他说，我猜你喜欢巴黎，我觉得你长得……不是第一眼美女，但是看久了也还可以，有点巴黎女人的味道，你看你为了见我特意穿上白纱裙（我心想，分明是白色的塔夫绸丝裙），配上一双小红鞋（我心想，分明是Repetto的红色芭蕾舞鞋），虽然我觉得你穿双黑色的高跟鞋更搭，但现在这么休闲一点也说得过去。咦，你这么搭配不会是受《红磨坊》影响吧？

我灵魂出窍了，接不上话。

明白了，师妹你喜欢歌舞片！那估计你舞跳得不错，我以前在大学里也参加过舞蹈社团，但是后来要跨校读三个本科，所以就没坚持下来，如果我那时坚持了，现在我肯定是现代舞领军人物，比金星还牛。

我打断了他，三个本科？你不是读了四个？

哦，对，是四个没错，北师大那个最后没修完学分，你看，北邮、北大、清华、北师大，横着数、竖着数都是四个！周同学，没想到你听得还挺仔细，看来你对我的过去很关心啊，对了，刚刚我们说到哪儿了？

我叹了口气，您讲到您比金星牛逼。

对，金星，我挺喜欢她的，多传奇的一个人啊，想想当初我也是个传奇，我一个人背着双肩包独闯美国，一个人开车从芝加哥到洛杉矶，呵，66 号公路上一个人都没有，那荒芜，那悲怆，我一辈子都忘不了。你知道 66 号公路为什么知名吗？我简单总结了一下，有五大原因，且听我娓娓道来！第一，这是因为美国著名的"西部拓荒"运动，它对整个西部的拓荒线起到了地理架构的支撑，但是当时，这条路还只是一条马拉货的公路。第二次出名正赶上大萧条时期，当时美国政府为了推广"民生工程"，给失业者提供就业岗位，就断断续续地将各大铁路连接起来，当时好多人都饿得没饭吃了，好像咱们国家三年自然灾害那会儿一样，老百姓饿得吃树皮。第三次出名还是因为饥荒，"中西部饥荒"，当时很多受到旱灾的农民们顺着 66 号公路，一路逃荒到加州和东北部，所以美国的一些文人骚客就赋予了这条路很多历史文化的象征意义。第四次出名的背景，你应该知道一点，你要是听过《Route 66》你就知道这首歌的翻唱是有纪念意义的，尤其是在1985年"美国公路系统"改革之后，20世纪90年代成立了"66号公路联盟"来纪念它，要把这条公路保留下来。最后一个原因得感谢我们祖国的繁荣伟大，自从中国人有了自驾游之后，驴友们轻装上阵，踏遍美利坚不再是梦想，所以66号公路就又火了一把，它特别适合中国驴友自驾游，我本人就开辟了几条鲜为人知的路线，像是"第一大陆桥线""大环线""环青线"等等，例如小环线吧，你就可以把南北加州、内华达、犹他、亚利桑那都加进来，大环线吧，你就直接从芝加哥南下，到加州圆石滩，记得一定要去大苏尔照张相，我手机里应该还有我当年拍的纪念照，就是因为这张照片，舍友才给我取名"浪子"，你等一下，我找出来给你看。

我说，冯老师，不用了，我觉得我已经足够了解您的"浪"，您要是没什么其他事情我就先……

冯辰立刻打断我，师妹，我希望你不要误会，此"浪"非彼"浪"，我是谈过几个女朋友，但是我从不随便，即便结伴同行之时要勉为其难地住在一起，我始终对自己严格要求，为了我未来的妻子守身如玉。其实与流浪相比，我更想要一个幸福安稳的小家庭，有一个长发飘飘、温柔贤惠的妻子，这样我每天夜半归家之时，可以从背后环抱住她，隔着她的秀发吻她的耳垂，你不觉得这画面……

我说：我觉得我可能不会在这个画面里。

师妹，你为何这样说？虽然你是短发、虽然你乍一看不怎么漂亮、虽然我听我小姨说你和你妈都很麻烦，但我对你依旧很客气，你知道为什么吗？我觉得你可能就是我的那个她，我知道你跟我的前女友们不同，你比她们高级，我愿意放手一搏，跟你试上那么一试！

我问：您说了几次，其实到底什么叫作高级？

所谓高级，其实就是指一个人脱离了低级趣味，他有自己的理性和追求，每天都过得很有意思，他不肤浅，具体来说，我觉得你我都是这样的人，因为我还不太了解你，所以我就姑且以自己为例，解释一下什么是高级。高级的人一定是自律的人，他不满足于现状，读了一个学位还想读另一个；高级的人也需要是个胸怀天下的人，即便他可以去 IBM 工作，即便他可以去美国发展，他还是选择报效自己的祖国，他扎根在一个公务员岗位上，做好"螺丝钉"的工作，因为他相信，是金子在哪里都会发光。而且我自己很爱看书的，尤其喜欢看名人传记，我觉得多读读历史人物的经历，可以以史为鉴，知耻而后勇。你看为什么我们北大学生和农民不同？就是因为我们爱读书。你看为什么你长相平凡却气质出众，那也是因为你爱读书。

不，冯老师，你误会了，我不爱读书。

冯辰马上感慨：那就是你的不对了，人丑更要多读书，你想想像我这种颜值的人都在读书，你有什么理由不刻苦呢？

冯老师，我觉得不对，我丑不丑不重要，你的关键应该放在解释"为什么人丑要多读书"上。

师妹，是这样的，你没认真听我说，我的意思是，既然人漂亮是要多读书，那么人丑不就更要多读书？

冯老师，人漂亮为什么要多读书？

师妹，这个道理更加简单，人要读书，所以漂亮的人更要读书。

冯老师，不太对吧，我觉得"人要读书"和"人漂亮要读书"和"人丑要多读书"是三个不同的概念吧，你没办法从"人要读书"推论到"人漂亮要读书"，再说漂不漂亮跟读书多少又有什么必然联系？您都说了您是天生丽质，那就是从康德先验角度上来看，您天生高级，既然如此高级，您根本不用再做任何后天的努力，您是天才啊，你读不读书不都是一样的高级？

我是天才这点没错……咦，你很会诡辩啊，师妹，你是学什么的来着？

冯老师，您甭管我学什么的，您先把读书这个事给捋顺了。

哈哈，我跟你讲，只有咱们这种"高级"人才会思考这类问题，例如什么人为什么存在，什么是爱情，什么才是人生价值等等，像是那些用"拼多多"的老百姓根本不思考这些问题。

听到这里，我蹙着的眉毛差一点气断了，我质疑冯辰道："拼多多"怎么碍着您的高级了，别人的生活是和您无关，但是别人买什么不买什么也轮不上您指手画脚，我现在想听的就是"人丑为什么要多读书"？

呵，果不其然，我小姨说你不好伺候，让我自己评估，这话一点不假，你一个女的不要趾高气扬的好不好，你这样没人敢喜欢你，我看你还没我懂得如何相亲呢，你跟陌生男人在一起就要顺着他的意思来，乖乖听话就好了，不过有一点我认同你，就是反正咱俩以后也不会有啥交集，今天往后各回各家，你读不读书，我也管不着。

冯老师，我清清嗓子说，我觉得你根本没法解释"高级"这件事，因为你从未高级过，或者说，你眼里的高级恰好是大众所说的低级，一个真正读书的人不会每天把读书挂在嘴边，就像一个读过四个本科、三个硕士学位的人不会在脑门上刻一行字——"我很牛逼"，当然我觉得牛逼的人根本不需要靠拿文凭来证明自己。我确实不是你想要的"小仙女"，但是也请您照照影子看看自己那德行，就算是瞎了眼的白素贞也不会从天而降，让您捡了便宜，你顶多是个法海，还是那种老得没人要、絮絮叨叨、神经兮兮的法海，别瞧不起"拼多多"，我觉得你可以上去"拼"一个女友，哦对，谢谢你说我高级，但我要不起这个"高级"，您自己留着浪去吧！

经历过冯浪子之后，我连着几天说不出一句话，有种已经道尽本月所有台词的沧桑感。后来在一次聚会上，我认识了一个小师妹，她说她也跟冯辰见过面，这个冯辰在微信里组了一个"真爱在北大"的群，强行将她拉进来群聊。他对每个师妹都用一样的套路，一定是从学历开始吹，顺着自己的旅行、工作经历，一路吹到自己宏伟的人生观，大谈"人要高级"，给所有人洗脑。

我问小师妹，有没有被冯辰骚扰？

小师妹立刻露出了嗤之以鼻的表情，她回想起，就在她退群前一秒，还被冯辰逼着去砍价。

砍什么价？我问。

拼多多。

3
当个好人这么难

他的嘴角又扬起一点，笑成一道月牙，我在心里感叹，真是头回见这种"唇红齿白"的小哥哥。

不知道从哪里听来一句话，你在媒人心里什么样，她们就会介绍差不多分量的男孩给你，我觉得这句话有一定道理。像我妈的那帮牌友，只把我当乖张任性的娇小姐看，介绍一些手无缚鸡之力的公子哥给我，而这些男孩中很少能有正经人，用我朋友金小姐的话来说，正经的高富帅怎么可能为找对象发愁？这年头，善解人意的主儿根本是有价无市。

金小姐是京城酒圣，外号"朝阳区千杯不倒"，以前专职做艺人经纪。整个演艺圈的老腊肉和小鲜肉对她只有一句，大写的"佩服"。金小姐本是一百个不愿意给我介绍男朋友，她作为一个经济独立的现代都市女性，瞧不起依赖男人的小女人，她最常挂在嘴边的话是，"老娘宁可冻卵，也不便宜男人"。就是这样的姐妹，竟然介绍了一个男孩给我，我下意识地觉得，这是要动真格了。

实际上，真正让我感到兹事体大的原因是她并没有提前告诉我要介绍男孩，等到她单独约了我出来，还规定了 dressing code 和"接头暗号"之后，我才隐约感受到她的用心。说起来确实神奇，我和 Edward 在茫茫人海中，真是一眼认出了对方——斑马条纹上衣，蓝色紧身牛仔裤，手拿一本最新一期《单读》。我问金小姐为什么不是《周末画报》或者其他杂志，她说在 SKP RENDEZ-VOUS 的咖啡厅，往来的大部分是名利场的人，没人会看《单读》这种文艺读物，她这样安排有利于我俩接头。

Edward 是上海出生的美国华侨，头发偏分，妥帖地抹上滑而不腻的发蜡，衣领整齐如新，全身上下一个突兀的褶子都没有，他像是上海二十世纪三四十年代美国牌子 Arrow Collar 海报上的模特，用金小姐的话来形容是"有腔调"。而且他听到别人喊他的名字，就会微微扬起嘴角，缓缓抬起头，认真地看着你的双眼说话。

Edward，我念了一句他的名字。

他果然笑着答我：Miss Zhou，你想说什么？

不用客气，你一口一个 Miss，把我喊成了私塾学校的女先生，我听着不习惯。

他的嘴角又扬起一点，笑成一道月牙，我在心里感叹，真是头回见这种"唇红齿白"的小哥哥。

他解释道，我平时叫金小姐"Miss Jin"，她让我跟你说话要客气些，说你玻璃心，哦，是说你们读书人都比较玻璃心。

你不读书吗？看起来可是风度翩翩。

以前上学的时候还看一些，现在工作太忙，基本没时间看杂书。自从我进了投行之后，几乎是夜里下班，清晨上班，不 Lucky 的时候可能还会同一天上下班。

那你这么忙，怎么认识的金小姐？

他依旧笑着说：Miss Jin 是我的客户，她正好在我这里做一款理财项目，我平时跟她见面也不算多，我看她总是飞来飞去的，比我还忙，不过她倒是跟我讲过一些 Miss Zhou……不，关于周小姐你的事情，她说你最近在相亲，见了两个男生都不是很成功。

那她有没有讲我相亲失败的原因？

Edward 摆摆手说：那倒没有，她只是吩咐我，要让你领略一下什么才是好男人。

我眼珠一转，反问道：那你想好让我怎么"领略"了吗？我特意拖长了"领略"两个字的发音。

结果这男孩果然脸红了，他赶忙解释说，我们先做朋友好吗？虽然我是美国人，但是我们家教比较严，我性格腼腆，我怕我没办法一下就满足你的需求。

我逗你的，瞧把你紧张的，金小姐吩咐你的事情有难度啊，你不如先给我定义一下什么才是好男人吧。

这男孩认真地打量了我，又思考了一阵，说：对周小姐来说，好男人应该是能了解你的人，他不仅仅是对你感兴趣，更了解你的需求，例如你喝咖啡不加糖、喝花茶一定要加糖，或者是你害怕打雷、害怕一个人走夜路，又或者像你爱读的书，为什么爱读之类的。

我打断了他，晃晃咖啡桌上的《单读》问：你觉得我喜欢看这本书吗？

你喜欢，但你不会表示出来，因为你需要审时度势，看准周围的环境和人再说话，因为我还蛮喜欢的，所以你才会问我这个问题，不然我想你早就把这两本书扔到一边了。

我笑道，我看你没少做功课，连我喝东西的习惯、害怕什么都摸清楚了，看来你还挺认真的。

Edward 抿了一口咖啡，说，这是应该的。接着他说：周小姐，简单几分钟接触下来，我觉得你不是一个性格火爆的人，相反，我觉得你蛮友善，是个会照顾人的好女孩。但是你有要强的一面，这一面不太女人，所以对大部分男人来讲很难接受，他们找不到别的词来形容你，又不想暴露自己的软弱，就直接将相亲失败的原因归咎到你的性格上来。

见他如此直爽，我也就开门见山地说：我这么多年一直没谈恋爱的一个重要原因就是，我不擅长也不想恭维男人，我没办法像一个小女孩一样托着腮帮子傻傻地仰望男人。

Edward 指了指隔壁桌的一对年轻情侣，说：你看那个男孩不就很享受被女孩欣赏的感觉？周小姐，你不能先入为主地对"恭维男人"有偏见，如果你把这件事当作欣赏，会不会好一些？

那你瞧瞧那桌呢，一个成功人士和一个漂亮女孩的那桌。我用眼角示意 Edward 是哪一桌。

那一桌在 Edward 身后，他扫了一眼，转回来说：男的已婚，这个女孩估计不是他太太。

我笑了，问：你怎么知道？

你看男的左手无名指有一块浅色印记，正是戴戒指的位置，其他地方都晒黑了，唯独那个位置是白的，说明他前不久刚和家里人一起出去玩。你再看那个小姑娘，一脸的崇拜和依恋，丝毫没有留意到这个戒指的事，有可能是知道自己没希望，根本不在乎，不然就是对这位先生有所图，她清楚自己的目的。

那女孩不怕自己爱上这个男的？我问。

Edward 笑了，他说：周小姐，我现在明白你为什么情场失意了。

不，我没失意，我是根本没意。

也可以这么说，因为你太过认真了，把恋爱当作你处理的 Case，逐条信息都要核对清楚，不容男方有任何纰漏。

Edward 你又错了，我是不容自己失误。你仔细看那对男女，男士西装革履，连袖扣都带了，正式到就差穿一整套燕尾服，女生呢，则是休闲打扮，一身 Juicy Couture 运动衣。我觉得一个女生在男人上班的时候，非要喊他出来，又不是约在办公场合见面，而是选在大商场里的咖啡厅，那肯定是有事要谈，而且是急事。

我一边说，Edward 一边回头看，他耸耸肩道：能有什么急事？

这时，我们提到的年轻女孩忽然站了起来，眼泪跟着飙了下来，她举起自己没喝完的半杯冰美式，从男人头上浇了下去，然后哭着逃离了现场。整个咖啡厅的目光一瞬间都聚焦在那成功男士的头上。黑色的液体顺着他的脑袋流到他的领口，这时 Edward 小声跟我讲，可惜了他身上那件白色府绸料的衬衫。

我没想到 Edward 是如此心思缜密之人，我更没想到他竟然顺着众人的目光走到那位成功男士身旁，轻轻拍拍他的肩膀说，"我觉得你应该去追她"。当然，成功男士不会感谢 Edward，他瞪了他一眼，但 Edward 觉得这是身为男士理应要做的事。

等这对情侣走后，Edward 回到我身边，我用殷羡的眼光看着他，他问我：怎么了，我身上有什么东西？

我答：没有，我在想你这个大好人，怎么到现在还是单身？

可能是我读的专业吧，女生比较多，而且你知道美国女生比较 open，虽然我不认为这样有什么不好，但是我不太能接受。

那你一共谈过几个女朋友？

两个。

这么少？

嗯，一个是中学同班同学，我一直暗恋她，但是没表白过，所以拖了三四年……然后到大学之后，在同一个义工社团里遇到一个女孩，她喜欢我，然后我们就在一起了，大概一年半这样子。

那其实就是一个喽，因为什么原因分开？

Edward 倒吸一口气，说：我犯了跟你一样的问题，我可能太认真了，我的认真在美国社会里行不通，我觉得我一旦开始喜欢了就要负责任，这个责任不光是房子、车子和日常开销，它是一种连带关系，我甚至会关心这个女孩的家里人过得好不好，他们喜不喜欢我等等，刚开始的时候，她也会很开心，但是后来她就习以为常了，她觉得生活不过如此，我再好也没法抵消生活的烦恼，何况我并不是那么好。

不，你很好，至少在我和金小姐眼里。

谢谢。

Edward，你是什么星座？

摩羯座，怎么？

我笑笑说：没什么，确实很摩羯，摩羯就是那种能暗恋一个人很久很久的性格，心里思念，嘴上不说，活活把自己憋死。而且工作狂，事业永远是第一位的，顺次排下去，第二可能是自尊心，最后才轮到女朋友。

Edward 问：你怎么对摩羯座这么了解，是因为以前的男朋友？

是也不是，我上升是摩羯座，所以我知道摩羯有多讨厌，说不是呢，是因为我跟你一样，也暗恋过一个男生，可惜他是摩羯座，我暗恋他的时候，他正暗恋着另一个女生，我高中隔壁班的校花。

你怎么知道他喜欢那个校花？也许是你误会了他。

你表白了？

没有，那你表白了？

你指我暗恋的那个女生，哦，没有。

那不就结了，别打断我，我那时天天看他打球，给他送水，他们整个球队的人都跟我混得很熟了，他却不记得我叫什么名字。有一天他没来，我问他队员怎么回事，我以为他受伤了，结果却得到一个晴天霹雳的消息，他要转校了，竟然是为了校花，因为教导处主任在晚自习时撞见他们俩牵手回教室。我当时真的觉得，我送了将近三年的水，都白费了。

Edward被我逗笑了，我这才发现他左侧脸颊上藏着一个小酒窝。他接着问：但这和摩羯座有什么关系？听上去，你比他还像摩羯座。

差不多十年后，我在香港的一个聚会上撞见他，他的长相几乎没怎么变，但神态老了很多，主要是眼神，再也没有年轻时候那种澄澈明亮的感觉，我鼓起了老大的勇气，在人群中向他走去，当我刚走到他跟前的时候，那个高中校花不知道从哪里蹦了出来，挽着他的胳膊说"老公，咱们先回去吧"，我仔细一看，校花挺着一个大肚子，那，我还有什么可说的。摩羯座当时肯定是已经看到我了，可是即便如此，他好像也没认出我来，他的眼神里只有漠然。

如果他当时认出你了，你会说什么，表白？

不知道，简单寒暄一下吧，跟一个你以为熟悉实际上却陌生的人重逢，感觉怪怪的，有点像鲁迅写他再见闰土时的感受，我希望他比我预期的过得更好，但又怕他真的比我好。

你现在有什么不好？

我很好啊，一人吃饱全家无忧。Edward，你站在摩羯男的立场告诉我，如果你是他，我当时跟你表白，你会怎样？

我？我会装作听不懂中文，然后找个理由逃走。

难道一点余地都没有吗？哪怕暧昧？

如果你指的是渣男，那他有可能暧昧，但是我应该不会，逃走对我们两个都好。不是说我不鼓励女生主动，但是喜欢这件事是包不住的，我相信《一代宗师》里的那句话，"郎心自有一双脚，隔山隔海会归来"，如果一个男生喜欢你，哪怕他是比我还腼腆的摩羯男，他都会以他的方法让你知道，换句话说，他会来找你。

我问，那你是用什么方法让她知道你的心意？

陪伴。读中学的时候，我是一个 200 多斤的大胖子，她是女神，我连靠近她都不敢，我觉得我不配，等到后来我减肥成功，她却因为一些家里的变故变得特别消沉，她得了抑郁症，我只能尽我所能陪着她，送她去治疗，帮她照顾家里人，甚至帮她养狗……她是因为父亲突然离世变成这样，她不停地问自己：我爸这么惨，我凭什么过得幸福？她很善良，她想替家人去死，免去他们的苦难。就像《挪威的森林》里那样，从女主角直子的叔叔开始，到她姐姐，再到木月，一个个接连死掉，直子也萌生了一种随他们而去的感觉，我初恋的情况就跟直子差不多。

她现在好些了吗？

她已经走了。

我感到我问了一个不该问的问题，Edward 云淡风轻的表情背后，隐藏着我无法推测的深浅，他痛苦，但他没法诉说。我想刻意扯开话题，但还是忍不住多问了一句：那你是谁？对直子而言，你是渡边吗？

Edward 许久不答，然后缓缓地抬起眼睛看着我，说，我也希望我是渡边，但我从不是，因为我从没有真正进入过她的世界，忘记一个人比记住一个人更难。

听到这里，我真想给 Edward 一个拥抱。他跟这个世界大部分的男生不同，因为他不是索取者，他是付出者，付出在索取之前，从没动过索取的念头。于是，我思考过后，告诉 Edward，他是我见过的为数不多的还保持着"澄澈而明亮"眼神的人。

送走了 Edward，我还在思考他的那句"我从没有真正进入过她的世界"，我似乎开始明白恋人的苦恼，而相亲的好处就在于它的概率，1000 个人里面总有几个合心意，但是如果想走进某人心里，并非几个小时的相亲能解决的。而后，我拨通了金小姐的电话，我告诉她，很感谢她介绍 Edward 给我，我们会成为好朋友。

金小姐马上问我，发生了什么事？你不满意？

我说，我很满意，太满意了，所以这么好的人还是留着做朋友吧。

金小姐又问，是不是 Edward 向你推销理财项目了？

我连忙解释，没有没有，他是个好人。

好人？金小姐狐疑地说，那你不把他收了？

这次先算了，但是感谢你介绍他，让我觉得这个世界还有救。

金小姐觉得我没救了，她不明白我为什么放着完美的男人不谈恋爱，还要去跟奇葩们死磕，她骂了我一顿，但我却由衷感谢她的介绍，如果没有认识 Edward，我不会知道我在金小姐心里是个好人，也不会知道当一个好人这么难。

4

黄瓜的 105 种切法

报名费交了吗?

哦,交了。

阿董有点不高兴,问,既然交了就要认真听课,结业了你要
是烧不出好吃的红烧肉,别人会以为是我董师傅教得不好。

我笑问,你怎么不说是肉不好?

淼淼、冯辰、Edward 之后，我给自己放了假，几乎推脱了所有亲朋好友的介绍，我说我想一个人待会儿。待春夏交替的时候，待我遇到阿董——一个来自上海北京路的男孩，我才算是缓过神来。因为阿董不允许有人浪费时间，哪怕一秒。

我不知道上海男人是不是都这个样子，精细里带有一丝胆怯，胆怯里裹挟许多精细，像是阿董去一趟菜市场，都要和婶婶叔叔们杀价，在他眼里，一块二毛钱和一块六毛钱有本质的不同。

我问他，有啥不同？

他有些不屑地说：你们这些资本家小姐怎么会懂得过日子的辛苦？每天被卖黄瓜的大姐坑去四毛钱，一个月下来就是十二块钱，一年下来可有一百四十四块钱，这么多，够你喝一周的星巴克呀。

你不可能一年 365 天天天都吃黄瓜吧？

黄瓜怎么了，黄瓜做法多得很呢，我看你是不会做，没关系，我来做。

阿董是北京一家本帮菜馆的主厨，他说他来做，我确实放心，因为我亲眼看见过他把其貌不扬的黄瓜削出花来，他还告诉我，一根黄瓜有105种切法，用的刀不同、切法不同，会直接影响食物的味道。

　　我和阿董认识是在一个微信美食群里，这个群定期会举办线下的"大厨亲临指导"活动，开头几期关于泰国菜、日本菜的，我都没去，一看到上海本帮菜，我眼前一亮，一来是我喜欢清淡的南方食物，二来是我活动当天刚好有空，想想我也几个月没出去社交（或相亲）了，不如多接触接触美食。

　　那天阿董带了自己专用的锅具来，器具一字掰开，锅碗瓢盆一应俱全，群友们大呼"专业"。接着他把今早从菜场买回来的五花肉从冰箱里取了出来，肉洗净，他取了一把专门切肉的刀，利索地将肉切成2.5厘米的方丁，然后扫了一下刀身，将肉丁推入准备好的料酒里。

　　一个"师奶"模样的群友问，董师傅，这肉要泡多久啊？

　　阿董回答：差不多15分钟，但是如果你切的肉丁大，那就得多泡一会儿。我们在浸泡的这段时间里，可以先准备好适量的老抽、葱段、姜片和冰糖，这都是这道上海红烧肉必备的材料。我知道你们北方朋友口味重，可以适当多放一些酱油，但是味精就别放了，对身体不好。

他们交流的过程中，我一直坐在远处发呆，我听着，但好像什么都没听进去，竟没发现阿董向我走来，他当时手里握着切肉的长刀，神情严肃地问，这位群友，你交报名费了吗？

我愣了一下，你说什么？

报名费交了吗？

哦，交了。

阿董有点不高兴，说：既然交了就要认真听课，结业了你要是烧不出好吃的红烧肉，别人会以为是我董师傅教得不好。

我笑问：你怎么不说是肉不好？

我和阿董就这么不打不相识，之后他请我去他家做客，特意考我，让我现场做一次红烧肉。我只能马马虎虎糊弄过去了，第一次接触到什么叫"净锅坐火"（不放油），第一次学到让肥肉的油分沥出来的方法，直到我勉强地倒入老抽给肉上色，阿董在一旁感慨说，"有模有样嘛，记住，只有不会做的厨师，没有不好吃的食材。"

阿董的长相……我实在找不出能描述的词，他就是一个普通人的样子，放在人堆里绝不扎眼的那种，即便这个人堆只有两个人，例如我俩。所以当我带着阿董给金小姐认识的时候，金小姐一口咬定是我为了突显自己的美貌，特意挑选阿董。我说我跟他只是朋友关系，顶多吃吃饭、喝喝酒，不会睡睡觉的那种朋友关系。

阿董每次见我之前，都要好好捯饬一下自己，可他的审美还停留在20世纪90年代初港台"四大天王"的审美形象上，以至于他以中分为美、以穿喇叭裤为流行。我见到了"90年代"的阿董，心想，他还不如穿他后厨的制服呢。

可当我真正带着阿董逛商城的时候，他又迈不开步子，一直在说：算了吧，我穿不了这类衣服，再说我上班都穿制服，这种正经西装不适合我。

我拿着一件 Paul Smith 的休闲夹克，告诉阿董：首先这不是西装，其次这恰恰就是休闲装，一点都不正经，你穿上试试？

他勉强接过夹克，在侍者的引导下往试衣间走去，但才走到半路他就杀了回来，忐忑地问我，怎么3000多块，这么贵？

我也小声作答：先试试，我有打折卡，打完折就不贵了。

不行，几折都贵，这个基数在这里呢，一件破西装这么贵，不值。

我们就这么夹着尾巴落荒而逃，我又纠正了阿董一遍，刚刚那件是夹克，不是西装。

他说，这么贵的衣服也只是件衣服，谁会把自己一个月的房租穿在身上？接着他算了一笔账——他现在一个月8000元收入，刨去月租3500元，吃饭2000元，交通费500元，电话费、水电费、燃气费一共500元，其他开销500元，他一个月只能攒下1000元。

如果你不住在东二环、你们餐馆对面，不就能省下这些钱？我问。

那你用在交通上的钱就会变多，北京天天堵车，我不能住在通州，每天光是通勤就花4个小时吧，大小姐，这里不是上海，不是去哪里也就半个小时的路程，如果让你每天从天通苑挤闷罐地铁上下班，你愿意吗？

大城市不都这样吗？北京和上海能有什么本质区别？我质疑的是你愿意把钱花在租贵房上面，为什么就不能买件好一点的衣服？

上海和北京还是不一样的，空气质量、城市规划、人文素质都没法比吧。再者说，上海人对地理的概念都是以路、巷、弄堂为单位，不像北京人这么糙，都是正南正北的街、道，长安街，平安大道，名字是响亮，我看多半是用来吓唬外地人的。

听到这里，我眉头紧蹙，问道：我作为一个北京人，丝毫不觉得我们大北京哪里不好，如果不好，那你大可不必赖在北京。

阿董见我不悦，立马赔笑，改口道：你误会了，我不是这个意思，不是你总说什么"诗意的栖居"，我就是觉得北京的栖居没办法诗意，你看，就算是吃红烧肉，上海肉铺里买来的肉吃着也会更放心一点，我没有别的意思，如果我们以后结婚，这肉与肉之间的区别还是得在意，差别蛮大的，你说对不对？

阿董就是这样，他总能为自己的说辞找到理由，跟我相比，他反而更适合做律师，能站在双方角度上来辩护。但是律师作为老牌的"专业人士"，生活往往讲究品质，不会像阿董这样，一毛钱掰成两半来花。他这样的性格倒是讨得我妈欢心，像他的红烧肉一样，被我妈奉为经济适用的上乘之作。

于是，我妈私下里常给我"洗脑"，让我好好珍惜阿董这类的"经济适用男"，她说：不要那么挑剔，阿董不比你之前相过的几个都好？人老实可靠，还烧得一手好菜，你还有什么不知足，收收你的大小姐架子，赶紧嫁了吧！

如果不是亲耳听到，我难以想象这样的话是出自我妈嘴里，她竟然丝毫不提阿董家境普通、职业前途有限的问题，也没找人家来自上海（未来我可能会有一个上海婆婆）的茬儿，这实在不太像冬天只穿西伯利亚貂的"双子座女神"——我妈。也因如此，我头一回感觉到待嫁的迫切感，连同我妈在内的我身边的每一个人，似乎都露出好奇的目光，等着看我究竟会和谁喜结连理。

换一个角度来看，阿董十分懂得察言观色。第一次我带他去我妈家，他不但买了营养品、果篮和小礼物，还特意带上新鲜的肉、配菜和料酒，在我妈面前大展厨艺，当然做的还是他招牌的"董氏红烧肉"。

我妈一面吃肉一面惊叹说：从来没吃过这么好吃的红烧肉，阿董啊，阿姨也会烧肉，但是烧不出来你这个味道！

阿董笑答，阿姨您会做的都是大事，我不是做大事的人，只能烧烧菜什么的，但是如果您要学，肯定比我做得好。上海的做法和苏杭的做法不太一样，上海是要焯水的，第一步五花肉切块，第二步盐水焯，接着把葱结、姜块、八角、桂皮在砂锅铺底，然后加水与肉齐平，中火烧开，到了第三步就简单了，您改成文火煨一下，等到汤收干，入白糖，溶化后就可以出锅。

我妈感叹，看不出这一道红烧肉做起来那么麻烦啊。

阿董又说，如果您嫌麻烦，可以不焯水，那就变成杭州红烧肉的做法了。

还是上海人讲究啊，我们北方人有得吃就行了，尤其是像她这种吃货。说罢，我妈指指我。

能吃是福，反正我周六日都有空的，您随时吩咐，想吃红烧肉了就叫我来，我给您做。

啧啧，瞧瞧人家小董，怎么这么好，你爸妈得有多幸福啊。

父母的事，是阿董最不想提及的，他当着我妈就支支吾吾地绕开话题。出了我妈家的门，他向我解释了他的出身，他从小在北京西路一家福利院长大，从他记事起就没见过爸妈，他当福利院院长是他的母亲，当那里是他的家。

难道你不想跟亲生父母相见？我问。

开始的时候想，但是后来无意之间听其他小朋友说，我是被爸妈遗弃在福利院门口的，我就跑去问院长妈妈，这是不是真的，院长妈妈跟你妈有点像，她们都很热情、爱说话，所以绝不会不回答，但是那次院长妈妈选择了沉默。然后我就知道，小朋友们说的都对，我确实是个没人要的孩子。

那一刻，我忽然明白了为什么阿董需要精打细算地生活，这和他儿时的生活息息相关，如果想在福利院中好好活下去，就既不能让别人欺负（占自己便宜），又不能过于出众，一个平实的做派搭配一张路人的脸，没有什么比这个组合更安全的。

我问他，为什么会走上厨师这条路？

他回忆起，小时候，他过生日，院长妈妈先带他去了人民广场的大剧院看了动画片，然后到茂名南路的瑞福园吃饭，他早就忘记这些年究竟看过哪些动画片，但却一直记得瑞福园的"外婆红烧肉"，入口肥而不腻，咀之顿感皮、肉、骨连在一起，红烧肉，成为阿董童年最殷切的盼望。每每想起过生日，最先想起的就是红烧肉的滋味。

为什么不留在上海，为什么要来北京？

阿董说，五年前，他的院长妈妈去世之后，他就再没去过茂名南路的瑞福园，甚至不再吃任何上海本帮菜。少了能陪自己吃饭的人，吃什么都味同嚼蜡。

我说，很难想象这是一个厨子说出来的话，厨子不应该想要尝尽天下美食吗？

阿董纠正了我，他说厨子都是害怕做饭的，因为不知道这次能不能做出上一次的味道，或者说，厨子都是凭着自己的记忆来烧菜的。

那你的每道红烧肉烧出来，岂不都有瑞福园的影子？

刚开始煮菜的时候都会有这个问题吧，但是后来认识的人多了，接触的菜系多了，经历的人情世故多了，味道也就跟着变了。

我觉得这种说法还是有点抽象，便问：不然你具体谈谈，认识我以后，这道"外婆红烧肉"有了什么改变？

更酸更甜，阿董这话一出又立马改口道，不，是更甜更酸，先有的甜。

听了这话，我有点高兴，但我又问：如果你觉得甜，为什么不享受这种甜呢？你总是抠抠巴巴、紧衣缩食的，这样生活也不会开心。

我这样问，正是因为我在认识阿董以后，自己也抠抠巴巴、紧衣缩食起来了。如果放在以前，SKP里新款的包包、首饰、化妆品早被我收入囊中，而如今，再逛这商城，我会在 Roger Vivier 门前晃悠好半天，踌躇着自己到底要不要进去看看。就算女销售 Candy 再冲我抛媚眼、招手示好，我都得考虑考虑，因为我身边还有阿董。

阿董在我进店之前，意味深长地看了我一眼，然后叮嘱我说，看看就好，你鞋已经够多了，别买没用的。

等到我逛了一圈，和 Candy 正聊到这季什么颜色最流行、哪个明星走红毯时穿了最新款的鞋，阿董又凑过来说：所有流行都会过时，你又不是明星，干嘛把自己搞得那么累？

我自然没接话，事实上，任何一个处于购物兴奋中的女人都没时间搭理别人的看法。在我让 Candy 去帮我拿尺码合适的鞋时，阿董绕到我身边，小声问我，这双鞋多少钱？

我反问他：你觉得好看吗？

要多少钱嘛？

8300 元。

多少？！

他家的鞋都是这个价位。

喂，我一双 83 块的鞋可以穿 10 年，你 8300 买来也就穿个一两次，未免太奢侈了吧。

我不觉得，这双是北京限量版，估计在上海恒隆都没得买，它有价值。再说，这鞋穿得很舒服，平时上班通勤可以穿，周末聚会也能穿，多实用啊。

　　阿董一面用眼睛扫扫周围（看看Candy回没回来），一面急切地想说服我：这一双8000多块的鞋哪里好了？8000块你可以干很多事情的，我一个月工资才8000元，要是给你买了这双鞋，这个月我不得喝西北风去？

　　我没好气地答道：我又没让你掏钱，再说，我认识你以来，你就没给我买过一件像样的东西，连吃饭都没一顿好的，不是国民快餐就是自己家里做。

　　家里做有什么不好？出去下馆子会有食品安全的问题，只有国民快餐走流水线，质量稍微有点保障，我带你吃这些，不还是为了你好。

　　为我好？那我也不能每天都吃成本只要14块钱的红烧肉吧，哪怕再好吃，也没人能受得了。

　　阿董面色难看起来，他说：所以你是受不了我吗？

　　是，我是受不了，哪有人抠门抠成你这个样子，对自己抠就算了，对女朋友还抠。

　　如果你嫁给我的话，我工资卡都交给你的，你也不是不知道，我们上海男人在家里顾上顾下，一切打点得不知道有多好。

嫁给你？可我现在还没嫁呢，你就这个不许、那个不让的，嫁给你了还不得被你管死。

我不是管你，我是纠正你的恶习！像你这样铺张，我们什么时候能省下钱来买房子，将来结婚之后不仅要还房贷、车贷，还要养孩子，哪一个方面不用钱？钱花起来容易，攒下来很难的。

我们可以住在我妈家，孩子可以暂时先不生。

那就说明你根本没想过嫁给我。

是，我是没想过，我没法想象，连买一双 Roger Vivier 都要跟我吵上半天的人，如何能跟我共度余生。我也没法想象，我一个北京人放着自己的房子不住，非要去租公司对面的烂尾楼。我更没法想象，一年四季 365 天，顿顿都吃红烧肉。我很感谢你喜欢我，但是对不起，咱们想要的生活不一样。

好，你说说，我们怎么不一样了？

这时，我穿上 Candy 递过来的绸缎面高跟鞋，照着镜子，认真打量了自己一番，然后跟 Candy 说：这双鞋我要了。

阿董深吸一口气，说：你真是没救了。

交完钱，我把旧鞋放到盒子里，直接穿上新鞋走，也不管新鞋鞋底还没来得及贴膜。我虽然觉得阿董是个经济适用的好男人，但我更需要自己身上"混不吝"的劲头，我没办法为了省 8000 多块而变得畏首畏尾。就像我在最后一次见阿董的时候，跟他讲的那一番话一样，黄瓜也许有 105 种切法，105 种能让我俩生活得更好的方式，但我并不是阿董要找的那根黄瓜，我要我自己的活法。

5

"圣母"是病，得治！

谈恋爱不是打架，不需要争强好胜，也不是考试，不需要拔得头筹，你只要做你自己，但得在保护好自己的前提下做你自己。

当我跟"双子座女神"提起我跟阿董的分手时，她竟然十分淡定地回应道，她早料到了，阿董跟我不是一路人。但这就让我更加不解，如果我妈一早知道我们不会有结果，她何苦还要夸赞阿董？"女神"发话了，她说，放着好好的红烧肉干嘛不吃呢？有人上门做饭，这是好事。

换个角度来看，我妈是正确的。毕竟世上没有免费的午餐，如果被我碰巧赶上，那我更应该珍惜。我承认在分手之后，自己有一点怀念阿董，虽然我分不清怀念的是他这个人还是他做的肉，但我觉得总不能一直饿着，这次我想主动出击。

当然，作为大龄文艺剩女青年，我出击的途径很有限，无外乎是上网注册珍爱网、"锦绣良缘"这类交友软件。金小姐还推荐了"探探"给我用，但我觉得那不是正经人用的App，这个反馈被金小姐讽刺了，她说，你还真当自己是圣母啊。

当圣母有什么不好？

金小姐义正词严地指出：第一，圣母不是你想当就当的，你有那么多的财力物力，让人骗财骗色吗？第二，你也不够傻，所谓圣母就是无论对方提什么要求，你通通答应，即使自己需要委曲求全，也毫无怨言。世上专有一类人占圣母的便宜，借车借钱，蹭吃蹭喝，最后把你老公都借走。

我没老公。

那你还不反思一下自己这么多年做了什么，男人都对你避而远之？

我确实有点圣母，我不会拒绝，凡事都自己一个人扛。

金小姐眨眨眼，古灵精怪地问：你去相相"锦绣良缘"上的普通人吧，看看他们是怎么占你便宜的。

我想，我肯定不能让人占便宜了，于是我事先在知乎上发了一个帖子，帖名为"如何上'锦绣良缘'相亲不被骗？"我以为帖子一发，就会收到万千女性的回复，我以为有许多跟我一样的同道中人在相亲这条路上渐行渐远，但事实上，几天过去，只有一个人回复我。

网友"不娆的圣母Z"留言说，怕被骗，那你干脆别出门了。

看这人出言不逊，我就回了一句：圣母Z，留点口德，不然下次出门就遇"圣母婊"。

结果想不到收到了他的私信，他说：圣母是病，得治，我觉得咱俩都有病，可以考虑组团集体治疗。

我不清楚到底是他那句"咱俩都有病"刺激了我，还是"集体治疗"打动了我，一来二去我又跟他闲扯了几句，跟着两人就约了线下见面的地点。他提议"周日下午在五道营的Metal Hands，你看怎样？"

我在出发前，特意问了金小姐意见，她对我糊里糊涂去见网友的事情深表遗憾，她用她标准的嗤之以鼻的口吻说：都什么年代了，还网友？你咋不用人人网约炮呢？不过她考虑到我的情况，又转态说，算了，你去吧，死马当活马医，多约约，见见世面也好。

盛夏的星期天，五道营胡同里片草不生，想要躲到树荫下乘凉倒像是一个美好的梦想。我认同金小姐的话，所以也就没抱希望来见"不婊的圣母Z"，甚至我怀疑他可能放我鸽子，或者，他根本是个女人。

等他坐到我对面时，我有点惊讶。他穿了一身淡蓝色的Polo衫，一条湛蓝色的牛仔裤，一双经典款的鬼冢虎球鞋，倒是与这天气应景。他见了我，说：我以为来的是个老太太呢，一般在知乎、天涯发帖，大吐苦水的女主都不堪入目啊。

您这是嫌我不够难看啊？

不不，足够了。

嗯？

不，我的意思是，能看！好看！

我笑了，说：不如你先自我介绍一下吧，对了，说说你为啥叫"圣母Z"。

我吗？这是大学睡在我下铺的舍友起的外号，他说我性格娘，像个女人，不过他的外号也不怎么好听，我们叫他"浪子"。

浪子？你这同学不会姓冯吧？

叫冯辰，怎么，你认识？

我脸色一沉，说，何止是认识……

莫非他是你前男友？

不！我可没那福气。

哈哈，我想也不会，他那样的人怎么可能找得到老婆。

他怎么了？说说看。"圣母Z"一提到冯辰，忽然撩起了我的兴趣。

他满嘴跑火车，分不清哪句真哪句假，他也跟你讲了三个本科、两个硕士，本来想读俩博士，结果教育部不让，只读了一个北大，是吧？

他跟我讲的是四个本科。

嚯，那他是在梦里又读了一个。我跟他是北邮同班同学，我还不知道他那点儿背景，小县城出来的，全村的状元，村里人的自豪，一来到北京，就找不到感觉了。所以，他基本没什么朋友，要不就都是新朋友，因为他维持不住关系，朋友之间最讲究坦诚，他这人面具太厚，自尊心太强，特别没劲。

我听得起劲，又问，冯辰还说自己已经当上科长了。

别听他瞎说，他当年考博士就是为了拿这个副主任科员的，只要你有博士学位，就直接可以申请的，对了，说到他那个狗屁博士，其实就是进修，非常水。我就不明白了，就他这水平，还好意思天天把"北大"挂在嘴边。

可能专骗无知少女吧？我说。

叫他"浪子"真是白瞎了浪子这个词，他也配？以前只要我们宿舍哪个哥们看上个姑娘，他就要先去勾搭人家，不知道是什么心理，就算那姑娘不喜欢他，他都要说我们兄弟一车坏话，反正他的核心思想就是，他得不到的姑娘，我们也休想。

讲讲他的情史。

等一下，"圣母Z"挤了挤眉毛，笑问，这位姑娘，你怎么对冯辰这么感兴趣？你不会是他派来的吧？

您不是刚刚才夸我漂亮吗？你觉得冯辰有这福气找到我这么漂亮的吗？

倒也是……这样吧，你说说你是怎么认识冯辰的，再说说为什么非要上相亲节目"锦绣良缘"？

我想了一下，答道，冯辰是我妈大学同学的侄子，我想我妈也是没招了，才想到他。我从没遇见一个人可以把我聊烦了的，一连4个小时不间断，全是说他自己那点光辉历史，听得我耳朵都起茧了。所以，其实我跟冯辰只有这4个小时的交情，我觉得他挺神的，吹牛不打草稿就不说了，还非要别人迎合他，他当时问了我一个问题，他觉得我长得丑，非要我站在自己的立场上反省一下"丑人要多读书"，我为什么要反省啊，冯辰长得不比我丑？再说，这句话的逻辑根本就不成立，我要冯辰解释，他根本说不出来。

好好，我知道了，你是被冯辰给伤害了。

没有！他只是浪费了我的时间，算了，我不想提他，提到就恶心。

除了骗财骗色，还有一种骗叫作骗时间。时间才是我们每个人最宝贵的，因为钱没了可以再赚，人老了可以拉皮，实在不行，还有美图秀秀。不过说起来，就算你这4小时省下来，你去"锦绣良缘"相亲，依旧是浪费时间，如果你再遇到一个执意说"人丑要多读书"的主儿，怎么办？

有趣，敢问大哥您是学什么的？还有，您怎么知道，我现在和你聊天不是在浪费时间？

这时，正巧咖啡店老板给我们上了两杯冰美式。"圣母Z"先递给我一杯，他见我犹豫了一下，便跟老板说：我这杯美式要加糖加奶。

回到我的提问，"圣母在Z"说：你问我为什么叫这个名字？就是因为，我不在乎浪费，如果你总是觉得你对别人好，别人就应该对你好，那这个世界早就没有恐怖分子了。你看你在淘宝上买了那么多东西，也没见马云给你分阿里巴巴的股份啊。我叫"圣母Z"，是为了时刻提醒自己"不要做圣母"，尤其不能做"不婊的圣母"，太辛苦了。所以，我偶尔混迹知乎，碰到同道中人，就忍不住想把对方救出苦海，这不，就认识你了。

将心比心不对吗？站在对方立场上为他着想不对吗？

你干嘛要比心？你是个姑娘啊。你明不明白什么是姑娘？

姑娘，女生？

"圣母Z"翻了一个白眼，叹气道，真是不知道你是怎么长大的。姑娘是要来宠的，如果男人爱你，他会主动追求你，他不会让你等，同理，如果一个人爱你，他肯定不会4个小时只跟你吹嘘自己，他会耐心听你说你自己的事，因为他想了解你，你的喜好才是他的喜好。

所以，你的意思是，冯辰不喜欢我？可这我知道啊。

又错！你想那个渣男干嘛？你不能因为见识过了奇葩，就再也不理正常人了吧。所以我才说，你不能怕受骗，等你见识了套路，你就知道怎么能反套路了。

这样吧，"圣母"哥，你教教我怎么装圣母？

还是以冯辰为例吧，虽然这个例子有点极端。比如冯辰约你出去旅游，你应该怎么办？

不去？

还是错！当然去，但是一开始你要拒绝，随便找个理由，例如你要上班、你要陪父母或者你来大姨妈了之类的。等他再约你出来的时候，你就淡淡地说，想去可是最近手头有点紧，不像他冯哥这么阔绰。

可我为什么要夸他？

夸他当然是为了你自己啊。相信我，每个男人都喜欢软妹子，尤其是当你表现出来你温柔、善良的一面，他们就自然而然地把你的性格与你的身体联系起来，觉得你一定是大胸，觉得你适合哺育下一代，会是一个能相夫教子的好妈妈。

　　那我怎么夸他？

　　冯辰比较好夸，只要是溢美之词，你一说他准保就高兴，然后你再说你也蛮想和他一起出去玩的，齐活了，他就一定帮你订好酒店、机票。

　　如果对象是你，段位比较高的男士，我应该怎么夸？

　　哈，这个问题问得好。如果对手是我，那你最好别夸，什么都不说，甚至理都不理。但不说不代表不做，你要在自己朋友圈里狂秀爱心，例如收养流浪猫、流浪狗，无论你是对猫毛过敏还是被狗咬过，你都要表现得很爱它们。然后我估计我就会惦记着你，可能偶尔约你出来吃饭、看电影什么的，见面的时候一定记得要表现出弱不禁风的感觉，例如施舍乞丐钱，或者看恐怖片往我怀里钻，再或者看悲剧嘤嘤直哭，总之，弱不禁风，这四个大字能唤起大多数男性的保护欲。

　　太假了，我怕我做不来。

"圣母Z"忽然拿起手机，开了闪光灯给我拍下照片。他递过手机给我看，说，这位姑娘，您自己看看，您那比黄豆还大的毛孔充分暴露了您的年龄，你说你都老大不小的，还想跟年轻女生比娇嫩？你要是有钱，可能还有小鲜肉扑你，但我感觉你好像也没到亿万富婆那个程度，那咱就现实一点，什么都别说，默默做一只温柔的小绵羊，不好吗？

所以你们男人都喜欢假惺惺的圣母女孩？

不仅男人，连女人都是。你想想，如果你闺蜜跟你说你妈的坏话，你会怎么看她？你肯定不会去指责你妈，相反，就算是你闺蜜吃了亏，你也会觉得闺蜜不懂事、不尊敬长辈，因为先嚼人舌根的人正是是非之人，没人会同情是非之人。

说到闺蜜，我自然而然地联想到金小姐，于是我辩解道：我真有一个闺蜜，但是人是那种特别飒的，北京话叫"大飒蜜"，她可一点不假。

真圣母都是情场高手，人家绝对不会让你看出来她的伪装。

不过你这么一说，我倒是觉得金小姐对付男人真是游刃有余，她和男人在一起的时候确实和跟我一起的时候不太一样。

"圣母 Z"越指导越兴奋，这次轮到他认真问我，说说看，有什么不同？

她当着男人的面，从不说脏话，也不会叉开腿坐，一定是很 lady 的样子。但是她还是她，如果那个男人说了什么不该说的话，她还是会立马指出，但确实像你说的，温婉许多。也许等那男人走后，她再跟我细细吐槽他的问题。

"圣母 Z"转而再提点我，那你呢？

嗯……好吧，在你问我这条问题之前，我根本没想过男人面前我需要是什么"人设"，好，那我现在明白我为什么 30 岁前都找不到男朋友了。首先，我是该圣母的时候不圣母，老是特坦诚，对男人掏心掏肺，最后肉包子打狗，有去无回。

是你自己甘愿当包子。

没错，我是包子。我的第二条罪在于，我从不屑于装圣母，结果让别人以为我是 24K 金的纯爷们，根本不需要帮忙和照顾。

"圣母 Z"拍拍我的头，笑道：是咱这个社会的问题，你挺好的，你没问题。但是如果你想遇到跟你一样的好人，你还是要先装一下，不然你一上来就暴露真心，还不得把对方吓跑了。谈恋爱不是打架，不需要争强好胜，也不是考试，不需要拔得头筹，你只要做你自己，但得在保护好自己的前提下做你自己。

我也笑了，说：你真像男版的金小姐，我闺蜜，我跟她学了不少东西。

你闺蜜漂亮吗？胸大吗？

超美，D罩杯。

"圣母Z"呵呵乐了，说：你瞧，你又把秘密泄露给男人了，你闺蜜知道了，还不得气死！

"圣母Z"说得没错，我真是实诚得无药可救，我不仅出卖了闺蜜，还捎带手出卖了她的幸福。在我与"圣母Z"见面后不久，我牵线介绍了他们两位大师认识。他们见面第一句话，竟然是一起来数落我，细数我的缺点之后，再肯定我是个旷世罕见的老好人，然后这俩人漫无边际地聊开了，从西施到林黛玉，从日本美妆到Marvel动漫，他们真是有说不尽的共同话题。

我再一瞅金小姐，果然一副淑女模样，双脚并拢依偎在咖啡厅的沙发上。而"圣母Z"一见到金小姐，立刻从社会批评家变身小绵羊，任凭金小姐说什么，都肆意点头微笑。我感到惊奇，很少见到两个人如此合拍的，好像他们已经认识很久，说什么都在一个频道上。后来，我看他们聊得这么开心，先悄悄撤了，我走的时候跟他们打招呼，他们都听不见。这让我第一次相信，如果一个人爱你，他眼里只有你，你就是他的全世界。

6

我连车费都不如吗?

这种出奇的贴心与照顾，一度让我以为他是一个值得依靠的人，再加上自幼我妈灌输给我的"世家子弟"价值观，我觉得自己这次真的有可能要嫁了。

我妈曾经跟我说，一定要找一个世家出身的男孩，这样的人家学深厚，识人待物都遵一个老理儿，即便十个男人九个坏，这样的男人也坏不到哪里去。不过我家从小交往的那些所谓世交的男孩，不过尔尔，同样是上下车不给女生开门，上完厕所不记得翻下来马桶盖。

所谓的家学到底是指什么，这便成了我自幼心中的一个疑问。直到有一天，在香港一间老牌画廊，我偶遇了画廊老板Adam，他自称是扬州盐商的后代，富了十几代的人，他这么一说，我脑子里立即蹦出了那个词——"世家"。

他总是身穿一套笔直、精瘦的西服，Dior Homme，一定是出自前任设计师Hedi Slimane之手。西服熨得平整如新，一个褶子都没有，在旁人都穿普通衬衫之时，唯独他的衬衫上戴有Cartier的红宝石袖扣。初次见面，他身上确实带着一种遗老遗少的风范，走在中环的马路上，倒像是从清廷走出来的人。

这样的人，搁在北京就是异数，是不合理的存在。我没法想象 Adam 在早高峰的北京，穿成这样去挤 BRT（快速公交系统），我也没法想象他猫在写字楼里，等待美团外卖送一份促销的"丽华快餐"。但就是这样的 Adam，竟然为了见我一面，特意从香港飞来北京。我不知道我究竟是被他的行为所感动，还是为此而好奇，总之"世家"这个词挥之不去地在我脑海中萦绕，似乎现代中国人不会再做"千里撩妹"的事情，大部分的人连回个微信消息都嫌麻烦。

再见 Adam 的时候，他来接我下班。他还是一身的 Dior Homme，换了一双好走路的匡威鞋，但仍然是限量版的匡威。他一上来就给了我一个法式贴面礼，问，最近好吗？

我吗？就是有点忙。

感觉你一年四季都在忙，周老板，不要为了挣钱累坏了身体。

老板？承蒙您抬举，我这纯属瞎忙。

想去哪里吃？法餐、粤菜、淮扬菜，还是威士忌酒吧？

哪有人一上来就喝酒的，随便吧，那就离得近的，SKP 随便找一家粤菜吃吃？

好啊，Adam 笑答。只有他笑起来的时候，他眼角才析出皱纹，透露出他已经人到中年。

我们去了 SKP 的粤菜馆北京厨房，到了之后才发现 Adam 一早订好了位置，后来他告诉我，为了以防万一，他将我可能喜欢吃的菜馆都订了下来，光是 SKP 这一层，隔壁的淮扬府、鼎泰丰和隐泉日本料理都订好位置。实际上，无论我怎么选，都逃不开他的手掌心。这种出奇的贴心与照顾，一度让我以为他是一个值得依靠的人，再加上自幼我妈灌输给我的"世家子弟"价值观，我觉得自己这次真的有可能要嫁了。

席间，我无意中问 Adam，您今年多大？因为你看上去其实跟我差不多。

他笑了，说：我 1968 年生日，5 月刚刚过完生日，整 50 岁。

哦，您别介意，我有点好奇，像您是世家出身，条件又这么好，为什么 50 岁还找不到……

他接上我的话：你想说找不到老婆对吧？

嗯，也不是，莫非您是一个独身主义者？

不是，我两个月前才跟女朋友分手，在这个女朋友之前，我谈过一个将近 10 年的女友，甚至我们都一起买了房子，她搬来我家住了，最后还是分手收场。

为什么呢？

我也不知道，我是金牛座，本身对恋爱就有点后知后觉。两个月前，我放着香港的画廊生意不理，去韩国找我女朋友。我刚到韩国的时候，两个人一切都好，还一起拉着手出门逛街、吃饭、睇戏（看电影），但是后来，她有一天忽然不高兴了。我就搬了出去，住酒店。可她明知我住在哪一间酒店，却没来找我。

所以，你就莫名其妙地被她甩了？

对啊，我好像很不擅长拍拖（谈恋爱），每次都无缘无故地被甩。

有照片吗？我想看看她什么样。

Adam 掏出手机，点开照片簿中名为"最爱"的文件夹，三四张女人的照片显现出来。那女孩眉清目秀的，宽脸看着面善，穿了一身印花的 DVF 裙子。

于是我指着裙子问，DVF 啊，我也常穿这个牌子的裙子。

嗯？哦，好像是。

我继续问，这是你给她买的吗？

Adam 犹豫了一下，答道，是的。

他的犹豫引起了我的注意，但我当时只以为他是听不太懂普通话所指，或者是男人天生的对女装品牌的迟钝。

那你之后没再联系过她？

我联系了，发了上百条短信，她都不回。上个月，她来香港参加活动，我们又见了一面，一起吃了饭。她本身是住酒店的，后来还跟我回家了。但是离开香港之后，又好像什么都没发生一样，回到之前那种不理人的状态。

你们回家都干嘛了？

喝酒、听音乐，然后那个啊……

这就有点奇怪了，她既然不爱你，为什么还要跟你那个呢。你也是，都和人家分手了，怎么还藕断丝连？

怎么讲都是自己爱过的人，很难不怀念。

我又问，那你做了什么补救的措施吗？像是买礼物送她，手表、首饰、衣服、包包、鞋都算。

Adam 蹙眉道，她不是那种肤浅的人，她一点也不物质。假使她是物质的女人，我想我一开始就不会跟她在一起。我们曾在伦敦、纽约、日内瓦一起结伴出游，我知道她的为人，她是那种就算要跟我一起挤公交车，也会心甘情愿的人，即使住在只有 8 平方米的小房间，却也像是住在马尔代夫的海景房那么高兴。

海景房……这样，不如说说她是干嘛的吧。

她也开画廊，她家族有一个画廊，但是到她这里，她不想做父辈的事业，于是就自己创立了一间年轻的品牌。

哦，创业精英嘛。

她是特别优秀的一个女人，所以这才让我更想不通，我一直在回想自己哪里做错了，但我好像没有错。

男人总是意识不到自己做错，然后他的错慢慢在女人那里积攒下来，扣分了。

Adam 喝着茶，却好像喝了酒一般惆怅，他一脸的疑惑，问：你不会也是这样的人吧？默默给我扣分？

我笑了，答道：肯定不会，你要是被扣了分，我会直接告诉你，如果你的分被扣没了，我会吊销你的行车执照。

那……我还能再考车牌吗？

这不好说，就要看你表现，看我心情了。

Adam 问：别聊我了，不如讲讲你，你为什么一直单身？

我？没什么新奇，这个世界像是玩游戏一样，聪明的、幸运的人早在游戏的开头就抱团取暖了，肯定有些人被剩下来了，无论他们乐不乐意，例如我。

从来都没抱团成功过？你这么优秀，很难相信。

谈恋爱又不是打官司，干嘛要找一个最优秀的辩护律师？大家都是各取所需，找一个最适合自己的而已。

倒也是，这么说来，我有点明白我前女友为什么甩掉我了，估计是我无法再满足她的某些需求。

她变了？

不知道，我是金牛座，总是不能第一时间察觉到别人的变化。

不知道为何，我竟然心疼起 Adam 的遭遇来，我将他当成了受轻伤的万千男子中的一个，至于他受伤的原因，我竟然把它归结成是，Adam 太善良了。其后，我又做了一个让我不禁"竟然"的事情，我带 Adam 去了一个私人聚会，把他介绍给了金小姐和她的男朋友"圣母 Z"。

聚会前，我们四个一起约在工体的泰国菜餐厅吃饭。具体吃了什么我已经记不太清了，无外乎是越南炸春卷、冬阴功汤和各式咖喱烧物，Adam 全程给我加菜加水，也帮着金小姐他们递餐具、拿纸巾，凭着内敛又善解人意的作风赢得了金小姐的好评，金小姐在耳边念叨了一句"不然你就从了吧"。我瞄了一眼金小姐身旁的"圣母 Z"，他也偷笑点头。

那天晚上，我们又在三里屯一起喝了酒，介绍了其他朋友给 Adam 认识。到了快要散场的时候，Adam 说有话要跟我说，于是我先跟金小姐打好招呼，带着 Adam 先撤了。这种多人的酒局，先撤显得有些不厚道，会给人留下"蹭酒喝""占便宜"的嫌疑，但是 Adam 似乎丝毫不介意别人的误会，我猜，这可能是"世家"的气度，今朝喝了朋友的酒，以后帮朋友一个大忙，君子之交应如是。

可是事实证明，我错了。等我带着 Adam 来到三里屯一家吃豆浆油条的夜宵店，我们随便点了两根油条，配上两碗豆浆，我问 Adam，今天开心吗？

Adam 眯着眼睛笑，开心，当然开心，跟你在一起做什么都开心。

听了这话，我的第一反应不是喜悦，而是不安。我不太明白为什么一个只和我有过两面之交的男人会忽然间说出这么暧昧的话。于是，我反问他，能不能描述一下你的开心？

这时，Adam 忽然摸了一下我的手，我下意识地抽回了手。

他面色略带难堪，赶忙说：不好意思，看来是我轻浮了。

没事没事，我只是不太喜欢别人摸我。

Adam 随即问，难道我也算"别人"？

关于"开心"和"别人"的问题，在那一夜不了了之。我叫了一辆滴滴专车，把 Adam 送回酒店后，我一个人在回程的路上反复思考，到底为什么男人在我面前都变得这么轻浮。这时，司机师傅无心的一句话倒是点醒了我，师傅说：姑娘，刚刚那个男的是你男朋友啊？

哦，不是，是朋友。

嗨，那还好，如果是男朋友就有点儿说不过去了，这深更半夜的，没把女朋友送回家，还要女朋友把他送回去，亏他想得出来。

可能因为他是香港人吧，没那么大男子主义，男女平等，无所谓谁送谁的。

姑娘，这男人啊跟地区没啥关系，如果他对你上心，别说送回家了，做什么事不是把你摆在第一位啊。我看你挺单纯的，才多嘴跟你唠叨这么两句，我跟我媳妇儿谈恋爱的时候，上刀山下火海都得去啊，我每天从双井骑车到她海淀家里接送她上下班，风雨无阻。我觉得，如果一个男人连送你回家都做不到，那你可要掂量掂量他其他方面了。怕就怕啊，他只是为了省这几十块的打车费，你在他心里连车费都不如。

依照大哥的话，我回家之后，真是反复掂量了一番。我没什么其他方式，只好把我和 Adam 在一起时，所有花销的账单拿出来查看。令我惊奇的是，除了第一天那顿粤菜之外，剩下的所有花销（吃饭、喝酒、打车）都是我掏的。我还是不能接受这个事实，他毕竟看上去是那么斯文的一个人，于是我又给"圣母 Z"打了一个电话，我问他，今天的泰国菜是谁买的单？

当时已经半夜四点，"圣母 Z"惺忪地说道，我买的啊，咋了？

话音刚落，我觉得头顶闪过一道晴天霹雳，随之，Adam"世家子弟"的伟岸身躯在我心中垮塌了。我一晚没睡，开始执着于 Adam 到底是不是"世家"、到底有没有钱这件事，后来我觉得他有没有钱跟我没有关系，重要的是，他肯不肯为我花钱，如果他有钱还不愿为我花钱，岂不是更能说明他不喜欢我，可是如果他不喜欢我，他何苦从香港飞来看我，含情脉脉地拉着我的手说些有的没的……

同时，我又想起了 Adam 的韩国前女友，一个将近 40 岁的韩国女人，她在一个酒局上被闺蜜们问起男友的情况，问起男友给她买了什么礼物，女人之间的相互攀比是无比可怕的，这位前女友一抬手，发现手上什么闪光的都没有，又黯然地收回手。我想那个让Adam 欲言又止的故事大概是这个样子的，即使是不世故的女人，在这个世故的社会中，也难以坚定地相信你是爱她的，承诺是最脆弱的东西，有的人嫁给了钱，等她老了还能享清福，有的人嫁给了爱情，等她老了却连爱情也没了。

Adam 大概觉得我是故意吊他的胃口，大概过了两星期，他又来北京找我，依旧是用温柔的语调告诉我，这段时间他有多么想我。我呢，我依旧带他去吃饭，从串串香吃到混合创意菜，再吃老北京菜，他吃得很高兴，我单买得也高兴。

我问他，是不是金牛座的问题？

什么问题？

金牛座都有点守财奴，不轻易给别人花钱。

结果 Adam 否定了我，他说，也要看对谁，如果遇到了喜欢的人，多少钱都愿意花。

我问到了我想要的答案，于是笑而不语。

他又劝我道，最好不要以星座取人，就像不要以貌取人一样，一种星座不能代表这一类人必然是这样的，总是有些例外，就像人生中的偶然一样，用命理、星象都解释不了。

你觉得认识我就是一个例外？

你当然是例外，而且是一个特别美好的例外。说罢，他的手又要抚摸我的手，我再一次撤回了手。

他冷笑道：不要这样，金牛座自尊心很强的，如果被拒绝一次，就没有下次了，何况你已经拒绝过我一次了。

那你不妨说说，如果金牛座爱上一个人，他会怎么表现他的爱？

那你首先要接受他的爱，说着这话，他将我的手拉了起来，这次我没有拒绝，他将我的手放在他的下巴处摩擦，让我感受他的胡茬。

我心里已经翻了无数个白眼，但表面上还是一派镇定，我说：我还是希望看到一些您所谓的"世家"作风，你不应该是"发乎情止乎礼"的吗？

可是有的情来了，我想止也止不住，你……要不要今晚跟我回去？

您对我这是什么情？

不知道是情还是欲，我觉得你很性感，第一次在香港的时候就觉得了，让我心动。

可你那时候不还在缅怀前女友吗？

哦，她是过去时了，你才是我的现在时和将来时。

我要是你前女友，也不会再理你，或者说，一早就不理你了。

Adam忽然放开我的手，他有点不高兴，用广东话问我：点解（为什么）？

我觉得你最可悲的地方不是轻浮，而是你根本不懂得如何爱一个女人。碰巧你的运气不差，遇到的都是些傻姑娘。试问一个只认钱的拜金女怎么可能跟你好上一年或几年？想让拜金女自费谈恋爱，还不如送她们去自费跟团游。

他撇撇嘴道：我明白了，你是想让我包养你？真想不到你竟是这样的女孩。

我就知道你要这么说，自己抠门还要反咬我一口，如果我不能做到无私为你付出，你就怀疑我对你的爱；一旦我开口跟你提钱，你会说我是一个势利鬼，怎么天底下的道理都被您一个人占尽了？

我觉得你误会我了，当然我现在不想跟你在公共场合争吵，这样吧，我先走了，等你消了气再打给我。

说罢，他拎起他的西服，我定睛一看，西服牌子上写的不是"Dior Homme"，而是"Dior Omme"。

不过最后还是让他成功脱身，Adam穿着一套他说是为他量身定做的限量款Dior Omme西服扬长而去，我望着他的背影，刚想发笑，又马上愤懑起来，他这招够狠，合着到头来还是我买单。

7

"盆地先生"的局气

一个只通了两个电话的陌生女人，介绍一个素未谋面的陌生

男人给我，如果我真和这个人成了，那我觉得我的相亲之旅倒也称

得上是传奇。

大概没人想以恨嫁的方式在小区出名，我从一开始的无所顾忌变成现在的心有戚戚，过程不到半年。我现在，只要遇到相熟的大爷大妈肯定会绕道走，小区里一条狗多看我一眼，我都觉得它欲言又止。我没办法像我妈活得那么洒脱，她能从工作岗位上荣休之后，又跻身为朝阳区麻将界的翘楚。

相亲这事就像是一个机密，一旦走漏了风声，很快就弄得满城风雨。过了差不多一个月，我再上知乎，新消息提醒蹦出来了，我一查新回复，发现"锦绣良缘"交友网站的人主动找上门来。

一个叫楠姐的红娘联系上了我，她留言说：看了你的帖子，我想我们前世有缘，今生注定让我来做你的红娘，为你的姻缘牵线，帖子底下还留了她的手机电话。

如果放在平常，这样的帖子我肯定是视若无睹，但我现在处在"恨嫁"的顶峰，一咬牙想，不能错过任何一个机会，尤其是当陌生人跟我提到"缘分"二字之时，我就有点按捺不住。而且这次，我决定不咨询身边的任何"智囊"，我妈肯定给不了我什么中肯的意见，金小姐一定劝我别去、不要白给人家送钱，而"圣母Z"肯定站在金小姐那边，为我细数"锦绣良缘"的种种"不靠谱"。

我拨打了楠姐的电话，第一次没通，我等了一会儿，她就打回来了。

她开门见山地说：您好，我是您的私家红娘，您可以叫我楠姐。

楠姐您好，你知道我是谁吗？你就说你是我的私家红娘。

楠姐笑说：我想我们前世一定见过，只不过今生这是第一次通话，不如，你先自我介绍一下？

我姓周，今年三十岁，学历是本科，现在在北京一家律师事务所工作，有房有车。我是土生土长的北京大妞，想找一个合适自己的结婚对象。

您的条件很不错呦，您想找的男方大概要什么标准？

嗯……我喜欢稍微高一点的，因为我家人都很高，我爸 1.80 米，我妈 1.65 米，我自己 1.72 米……我找的这个男的，他最好是从事金融业的吧，因为我比较擅长处理金融机构的法律事务，嗯，还有就是，他得孝敬父母，对家里人好，然后年纪别太大，45 岁以下吧。

楠姐马上问：金融业是吧，那年薪有什么要求？

100万元左右？不算多吧？

姑娘，这个已经很多了，你知道我们中国人均年收入是多少吗？

我不知道，是多少？

哦，那个我也不知道，我就是打个比方。像是西北的农民，可能一年只有几万块收入。100万元真的算多了。跟你讲句交心的话，我也希望你能嫁个百万富翁，而且我们这个数据库里真有一些符合你条件的优质男性，但是就得看你着不着急了。

什么意思？

你要是着急的话，咱们可以安排一个线下见面，把合约签一签，然后我马上安排你跟他们见面，我相信这群优质男性也迫不及待地在找你！

签约多少钱？负责找多少位男士？时长多久？如果不满意怎么办？

妹妹啊，你来实体店我给你好好谋划一下呗。

我怎么觉得，听起来有点不靠谱，这样，能不能先给我体验一次你们的相亲服务，如果好的话我再去签也不迟。

楠姐笑了，她说：难怪都夸律师精明呢，我们老百姓肯定是不如你们会算账，这样吧，我可以用我自己的小权力，帮你联系一位男士，但是肯定达不到百万富翁的程度，你先感受一下，如果之后还想找百万富翁，那我们再面谈，好不好？

我也笑了，说：我可没说我非要嫁百万富翁，只要对眼了，我都可以。

挂了电话，我本以为这事只是说说而已，毕竟哪有红娘不收钱先干活的，但等到楠姐再来电话，她说她已经找好了适合我的男士，让我把周六晚上提前腾出来，她来安排我们见面。

一个只通了两个电话的陌生女人，介绍一个素未谋面的陌生男人给我，如果我真和这个人成了，那我觉得我的相亲之旅倒也称得上是传奇。

我真的是个传奇，因为我遇到的净是些奇人奇事。

我穿了一件黑色的丝质裙子，对面迎来了一个穿黑白相间的斑点衬衫的男士，我当时心里就在打鼓，祈祷着，千万别是他，他看上去至少50多岁，头发本已秃成地中海式，却硬要把后脑门的头发梳过来遮住下陷的"盆地"，这让中间那块一毛不拔的头皮显得异常凄凉。

这"盆地先生"率先冲我招手，他说，你好啊，周小姐！

那一刻，我忍不住闭上了眼睛，我希望再睁开眼时他已经走了，可是事与愿违，当我睁开眼时，他已经在我面前了，他太紧张，手一直在"盆地"上反复搔弄，而且坐下来之前，竟伸出那只手来跟我握手。

我盯着他那满手头油的掌心，咽了咽恫吓的口水，说：不要客气，您坐吧。

他耿直地笑了，收回的手往衬衫上蹭了蹭，说：周小姐，没想到，您这么有气质啊。

那您以为我是什么样？

我听楠姐说，您好像着急结婚，所以我以为您是那种……他冲着我比画了一个梨形的身材，接着说，比较胖一点的。

瘦子就不能嫁不出去吗？只有胖子受歧视，这是什么道理。

没有，我不是这个意思，我只是在想，那您为什么这么长时间……

其实，我是今年才开始找的，以前工作太忙，没顾得上。

所以你看，还是着急了，对吧。

我眼珠一转，说：不如您先介绍一下自己吧，您不也没着落呢嘛。

"盆地"说：你给我一分钟，让我酝酿一下。

就在他酝酿的一分钟里，侍者过来帮我点了一杯美式咖啡，再问他想喝什么的时候，他缓缓从双肩包里掏出了一个保温杯，然后客气地跟服务员说，麻烦帮我加点开水。

等保温杯回到他的手中，他的双手摩擦着杯壁，两个刻意蓄长的小拇指指甲娇嗔地叠在一起，说：我跟你情况差不多，忙工作，一下错过了结婚的黄金时代，就单着了。年头一多，见过的套路也多了，自然就成了"锦绣良缘"的金牌VIP，花了不少钱在这上面。有时，你确实得充钱，充了才能浏览更多姑娘的资料，充了才能让姑娘收到你的私信，总之你充的是你自己的明天，不亏！我最崇拜的作家王小波在《黄金时代》里就写过，21岁的自己，有着好多奢望，想爱、想吃，想在一瞬间变成天上半明半暗的云。我现在54岁了，你看着可能像60多岁的，早就不是追云的年龄了。不过，约翰尼德普也是54岁，我也54岁，我不应该比德普差啊，至少我对生活不能丧失希望！

对不起，我刚刚可能有点不礼貌，还没请教您的名字？

免贵姓吴，口天吴，全名吴双全。

我说，好名字，侠肝义胆。

这是个晦气的名字，凡事都没法两全，哎，我之前也结过婚，也有过老婆孩子，结果最后，人到中年，一个都没得着，老婆跟大款跑了，孩子被送去美国读书，我变成孤家寡人。你如果不介意，我……

我吓一跳，看着老吴把手伸进他的包里，却不知道他会翻出来什么，那一刻，我觉得眼前的这个和我爸差不多年纪的中年男人挺可悲的，他一直这么翻着，直到他翻出了两个核桃，搁在手里盘了起来，他的脸上才绽出一丝笑意，他说：哎哟，舒服多了，我还是盘着这俩宝贝跟您说话吧。

他没问我同不同意他这么说话，我觉得这俩核桃就是他的"速效救心丸"，如果他现在不吃，估计就过不去眼前这个坎了。接着，他说：我像您这么年轻的时候，倒卖服装，从广州进货，卖到北京秀水街，专挑傻老外卖，赚了不少钱，一年二三十万肯定有的，你想想，放在现在，不得了啊！

他的坦诚倒是把我逗乐了，我问：那您当时怎么没拿钱去买房子？现在不早发了？

买房子？说来我就生气，我那个老婆就知道花钱，一有钱了全上交给她，她就去友谊商城血拼，一个人恨不得买九个人穿的，哪里省得下来？最可气的是，我们当时就住在琉璃厂，离荣宝斋不到 500 米，我当时看上一些张大千、齐白石的画，我老婆死活不让我买，说我会玩物丧志，好家伙，你知不知道当年一张画现在多少钱？几个亿啊！

就因为这事你跟她离婚了？

不是，后来我公司资金链出了问题，一时周转不灵，我让她陪我守两年，实在不行，我们就去美国。可她不愿意，她一定要我现在就分家，那不是相当于雪上加霜嘛，公司很快就倒了，她就跟人跑了。

所以您后来就一直一个人过？

是啊，我知道我就这点本事，凭我的本事，哪有正经姑娘肯跟我。

那你今天还来见我？

楠姐是我老朋友了，很照顾我，我帮她见人，她会打点我一点生活费。说完这话，他马上严肃起来，瞪着我说：周姑娘，我看你像个正经人，才跟你说这些的，你可千万别捅出去，如果别人知道，不光是我，连楠姐的财路都堵死了。

知道，我不说不就成了。

得嘞，谢谢您。

我托腮问他，你当了这么久婚托，难道就没遇到一个合适的姑娘？

嘘，小声点，别说那俩字，怕给人听见了，说着他手中的核桃盘得快些了。我呀，当然遇到过，一开始见面的时候，有个女孩特别腼腆，低着头不说话，后来又接触了几次，她才慢慢开始跟我吐露心事，我一听，这也是个苦命的女孩，父母早逝，家在河北农村，有个好赌博的哥哥，欠下一屁股债，而且她小小年纪就辍学了，出来打工挣钱。小姑娘刚混社会，哪有不交学费的？她也不例外，被人骗去做洗头妹，结果实际上是个按摩房，一来二去做了小姐。好在他们那个按摩房后来垮了，她逃了出来，找了个在工地上班的男人嫁了，可惜好景不长，她这男人在施工时被高空坠物给砸了，当场暴毙，什么都没给她留下，除了她肚子里还没出生的小男孩。

所以您遇到她的时候，她已经是单身妈妈？

是啊，我这个人比较仗义，用咱们北京话说就是"局气"。我觉得既然有缘相逢，那我就应该帮帮她们母子，何况她们在北京人生地不熟的。我有时买一些米、面给她，有时给她一些零花钱。但是等我提出去她家看看的时候，她总说有难言之隐，我就感觉出来有什么不对了，她的解释就是，她儿子有自闭症，不能见外人。我看这么可怜，总应该再尽一点薄力吧，你知道人都是这样的，自己虽然都不算小康，但看到人家温饱都解决不了的，还是忍不住要帮一帮。那时，我前前后后塞了几万块钱给这个女的。这女的本来没说自己没钱，还跟我柔情蜜意地筹划过我们的将来，她说她在河北老家有房，她哥给她盖的小楼，让我过段时间搬回去跟她一起住。我当然说好啊，她把我列入她的人生规划，这说明她心里有我。但这事提了没多久，她就说小楼住不成了，我问她为啥，她说他哥盖房子时出了点事故，从大梁上摔下来了，把腿摔断了，因为没钱治，只能在家躺着静养。我说这可不行，搞不好会高位截瘫的，误了你哥下半生幸福，我立马塞了5万元给她，让她带哥哥去医院。

我插了一句嘴，后来呢？

老吴叹气道，哪还有什么后来？你还没听出来啊，这是一个XX（他从喉咙发出"婚托"两字的音），卷了我的小10万块钱，跑了！

您没去查查她有没有这么一个哥哥？

还查个屁，这种人就算没哥哥，还会因为要给儿子看病向你要钱的，吸血鬼管得了为啥吸血吗？有血吸不就成了！

您伤心了？

不是伤心，是失望，彻头彻尾的失望。你说这个社会还会好吗？我真是信了她的遭遇，真心同情她、爱护她，想照顾他们母子，可她呢，却把我当成ATM机，她心里只有我的钱。最让我气馁的其实是，老吴嗓音哽咽起来，是我……如果我真是百万富翁该多好，我想如果我真有钱，她是不是就不用当婚托了？她是不是就能跟我实话实说？这样，我们不就能在一起了？

我倒吸了一口气，说：吴哥，会好的，您得多往乐观的地方去想。

老吴噙着泪说：还能怎么乐观？你见过我这种傻了吧唧当XX（又发出"婚托"的音）还主动跟你坦白的吗？

没见过，所以我说您实诚呢。

哎，周姑娘，我跟你说实话吧，我当婚托也是为了她，我就想看看她这个圈子的人到底是什么样的，我也想过，说不定我能碰上她的上线，顺道摸出来她的下落。她总不能一个招呼都不打，说散就散吧。钱我可以不要了，这个人得有个交代，你说是不是？

你要她给你什么交代？

我进了这个圈之后，才发现他们行内有很多规矩。每天定时跟楠姐这种"妈妈桑"汇报情况，然后接一定数量的任务，比如说像我吧，我今天就要去见8个女孩。

我是您今天的第几个？

你是第3个，下面还有5个。见完了你们，我们还要回公司开会，跟楠姐一起分析你们的情况，身份、爱好、性格、家庭成员、情感经历等等，根据你们每个人的优缺点逐一攻破。

说说看，我有什么缺点？

周姑娘你很好啊，唯一问题就是太容易信任人，还是太善良，涉世未深。我见过那种专骗婚托钱的姑娘，有些是酒托什么的，非常厉害，光凭一张嘴就能把你扒光了，摸清楚你信用卡密码是多少，总之，什么人都有。像你这样的，我回去汇报给楠姐，让她不要打你主意，好好帮你物色一个好男人，你放心吧。

那真是谢谢您，吴哥。

不客气，你吴哥穷得只剩下"局气"了。对了，妹子，还有一事我得跟你坦白。

您说，吴哥。

你的个人信息可能会被公开发到"锦绣良缘"网站，

你看你这么年轻有为，又是专业人士，这个相亲网站也想靠你们打打广告嘛。

我可不想出这个风头。

我知道，我也不愿意让楠姐把你相亲的事抖搂出去，你想想，那网站一天几个亿的点击率，指不定你单位的哪个领导不小心给撞见了不是？我的意见是，我自己帮你出点钱，摆平这档子事，保护你的隐私不被泄露，同时让楠姐那边也能交差。

怎么运作啊？

其实很简单，就是我买通咱们网站的信息员，让他在处理信息的时候不把你推送到最顶层，因为说白了，这个网站都是空壳，真正挣钱的还是楠姐他们这些线下红娘，你在网站上再登征婚启事，说白了都没用。优质男人得信息基本上都把持在这些个"妈妈桑"手里。

我需要怎么配合你？

妹妹，按理说，我不应该向你要钱的，你看我们现在都是交心的交情了……这样吧，咱俩一人一半好不好，我帮你出5000元，你自己出5000元，包你满意。

5000元太贵了吧。

妹妹，你知道如果我今天把你的情况汇报给楠姐，她会让你出多少钱吗？说着，老吴比了一个"8"的手势。

800元？

做梦，8000！她看你确实是黄金单身剩女，不得狠狠吸你的血？这样吧，我们这么投缘，我再多出一点，你光拿3000元怎么样？

行吧，那就3000元，我也不废话了。

局气！不愧是我们北京姑娘。

微信转完账，老吴就去赶下一场了，收到钱的他连句"谢谢"都没说。

为了转账，我还特意加了他微信，等我过了一天再想问他，事情办得如何，我才发现他的微信账号已经注销。我再打电话给楠姐，楠姐接了电话，一本正经地反问，哪个老吴啊？她说她们公司正式员工里没有姓吴的，我说我可不信，你们这分明是婚托机构，骗婚骗钱，等着坐牢吧。

谁料那楠姐原来是一个悍妇，丝毫不怕我的威胁，她说，有种你就搜罗证据去告我们啊，你自己微信转账，转到私人账号，关我什么事？在她挂电话前，我又问了一个问题，那个老吴是不是真的被婚托坑了10万元？随着"砰"一声，电话被挂断，至于老吴是否真的被骗，倒成了一个盘在我掌心的核桃，油腻腻的转来转去都是迷。

8
心跳的声音

像我与小陈这种，尬聊可以聊整晚的人，面对着热气腾腾的麻辣火锅，像是面对自己翻江倒海的内心世界，再聊天，反而没那么尴尬。

人真是奇怪的生物，越是怕什么，就越心心念念惦记在心上。自从踏上了相亲这条不归路，我看到什么都能读出相亲的意味，小侄子来我家玩，好好地念起一首《观书》，"书卷多情似故人，晨昏忧乐每相亲"，"相亲"一出，我就窜到小侄子身边捂住他的嘴，说，不许提这两个字！

小侄子被我吓哭了，嚷嚷着"舅姥姥救命！"他舅姥姥也就是我妈，坐在一旁咯咯直笑，见状，赶忙把小侄子揽入怀中，冲着我吼道：你别欺负小孩子啊，不要因为自己嫁不出去就把气撒在我们身上！她这么一说，我真的生气了，分明是我妈从不为我出嫁的事着急，事到如今，她倒是撇清了干系。

我妈摇着小侄子，白了我一眼道：我还不知道你的心思，你现在可别赖我，我给你介绍的你都不满意，那你去找好了，反正天要下雨，娘要嫁人，你这么大年纪了，得靠自己努力！

我怎么努力？

我妈不以为然地说，拓展你的社交圈啊，别每天就和你们律所的姑娘们组团"养老"，出去走走，多结交一点男孩子。

　　她提到律所，倒是点醒了我，我差点忘了，每年七夕，我们公司都会和有伙伴关系的机构举办联谊会。今年以前，我从未把相亲当回事，今年又到七夕，我觉得应该好好珍惜公司给我们的"福利"。所谓"福利"实则简陋，就像一个没有钱的红包一样，异常干瘪。

　　七夕的相亲局订在三里屯的 The Roof，我处理完一单合同就直接过去了，连衣服都没换。这间酒吧私密性比较高，人进了通盈中心还要左拐右转，换两部电梯才能抵达顶楼。那天下着小雨，我狼狈地踩着高跟鞋走到包间门口，遇到一个戴眼镜的高个男子正在门口抽烟。

　　我问他，服务员，VIP2 怎么走？

　　他端详了一下我的脸，然后微笑着轻声说，后面。

　　我谢过了他，径直走向后面，正在这时，我听到同事小贾的声音：哎，老周，这里这里！我们订的是VIP1！

　　我一转头，她正站在那个眼镜男子身旁。我忽然意识到，这位"眼镜"不是服务员，而是来赴局的男士，我的脸唰地一下红了大半。

小贾热络地介绍起我们，她先吹捧我是我们公司的金牌大状，再推介"眼镜"，说他是朝阳区法院的大法官陈浩锋。

陈浩锋马上摆摆手，说，我可不是法官，只在研究室负责处理一些法律政策的问题。

小贾马上又起哄道，陈法官谦虚，不过我们这位周大美女是北大法律系毕业的高才生，你们可以多在一起做研究啊！

进了屋，小贾马上去和法官们周旋，剩下我和刚认识的小陈，有一搭没一搭地聊天。他性格过于腼腆，搞得我都不知道说什么好。

我问：法院系统现在是不是都在整改编制？那你们工作量会加重吧？

陈答：嗯，员额制之后，办案人数确实少了很多。没入额的法官在过渡期虽然还能办案，但是工作积极性多少受到些影响，所以也常常听他们抱怨入额的法官说，既然入额了，工资多，就应该多办案，他们没钱没待遇，就应该少做事。

这样下去，走了不少人吧？

嗯，是啊，留下的也有不少想走，觉得付出与回报不成正比。

那你还坚持？

我爸妈觉得这是"铁饭碗"，他们希望我再做两年看看。

我看公事聊不出开心的话题，随即转到天气上来。按照英国人的逻辑，当你没话聊的时候，聊天气总没错，于是我说：最近北京经常下雨啊，又湿又闷，都不知道怎么办。

小陈的回答又以"嗯"起头：嗯，有点川蜀巴渝地区的感觉了，这种天气应该吃一点辣的，除除湿气。

我不太能吃辣，你有什么熟悉的好吃的川菜馆子吗？（我本想说，"不如一起去吃"，却怕小陈觉得我太直接，便把这话咽了回去。）

对面中国红街就有一家成都火锅，哦，你吃晚饭了吗？

我摇摇头。其实我明明吃饱了才来的，但在嗅到小陈有意约我单独出去的时候，竟然鬼使神差地撒了谎。

小陈马上跟几个法官解释了一下，我趁这时间也跟小贾说明情况。小陈的领导们远远地看着我微笑，小贾则是一脸的羡慕，她打趣道：不愧是我们法律界的翘楚，办事效率就是快！接着她问我，今晚还回来

The Roof 吗？他们可能玩通宵。

我支支吾吾地说不清楚，因为我也不知道跟这个刚认识的小陈会发生什么，也许我们真的只是吃顿火锅，然后再回来找他们。但那一刻，我望着小陈的背影，高高个子的气质型暖男，确实是我的理想型。甚至，我似乎从他的背影中看到一句标语，他的背上写着"这就是周婉京老公"，这句话加深了我的困惑，因为我不知道我对他的好感是从何而来。

有句很经典的话是，想知道你跟一个人合不合适，就跟他去旅行；相仿的还有一句话是，想知道你跟他合不合适，就跟他吃火锅。尤其是像我与小陈这种，尬聊可以聊整晚的人，面对着热气腾腾的麻辣火锅，像是面对自己翻江倒海的内心世界，再聊天，反而没那么尴尬。

只待红彤彤的鸳鸯锅底端上来，我和小陈相视一笑，此刻无声胜有声。他下肉，我涮肉；他涮肉，我夹菜，这样一去一回的礼尚往来，我们就都明白对方是"外冷里热"的人。

小陈告诉我，他也是 1987 年生人，巨蟹座，不爱说话，也不爱出来社交，如果不是单位组织了这个局，如果不是知道对方也是法律界人士，他不可能赴约。

我说我讨厌相亲，他说他也讨厌。

小陈又说，在我之前，他交过5个女朋友，都是朋友介绍的。其中，谈的最长的一个维持了4年。

我问，这么长时间怎么最后分手了？

他夹起一串鸭肠，送入口中，我听到香脆麻辣的声音在他舌尖跳动，他辣得赶忙喝了一大口水，然后说：人都会变的，她起初是很好，后来变了，变得很现实。

我想问他觉得现实一点怎么不好，但又怕他先入为主地觉得我是这么一个人，于是赶快捞起一块鸭血，顿了顿说：那你单身多久了？也没想再找一个？

一年了，今年法院改制，太忙。

原来你是工作狂啊。

你不也是？我听小贾说你很敬业。

我的脸色红润起来，不知道是吃得太辣所致，还是因为与他一起。我笑着说：怎么，你还跟小贾打听过我？

他的脸也红了起来，矜持地重复说：小贾也是好心。

将近十二点，火锅店里的生意仍络绎不绝，天南地北的人聊着国家大事，这让我和小陈的说话总处在一种听得清又听不清的暧昧状态。

我新拿了一双公筷，夹起冰鲜毛肚往锅中一转，等了差不多三十秒，涮出来后直接给到小陈碗里。我相继说：我觉得咱们这样特别好。

他听不太清，皱着眉头问：你说什么？

我说，你觉得我怎么样？

他眨了眨眼睛，然后笑了。

那天晚上，我们加了微信，正式从陌生人变成网友。我可能是吃了火锅、壮了胆，接着鸳鸯锅的热辣，发了一条信息问小陈：你刚刚的笑是啥意思？

我等了整晚，第二天早上7点半才收到小陈的回信，他回了一条：我觉得你好。

网友再次见面，就不再只是网友了。

我等了一周，最后还是我忍不住先联系了陈浩锋，我猜想他一定也很想跟我见面，只不过因为他是巨蟹座，他们法院工作忙，害得他没法主动。当然，我也清楚记得 Edward 告诫我的那句话，"郎心自有一双脚，隔山隔海会归来"，所以我必须以一种被动的心态去主动试探。我问他这次想吃什么，我等着他问我的意见，他果然反问我，我便按照巨蟹男的思路回答——火锅。

依旧是在中国红街吃火锅，只不过从楼上的成都葫芦娃挪到楼下的珍滋味港式火锅，好像只有吃火锅才能让我们的交谈顺利进行。

我们各自端详着菜单，都不好意思先点。就这样耗了不知多久，服务员实在等不及了，提醒我们，因为后面还有许多等位的客人，每桌限时只能吃90分钟，目前点菜已经花掉15分钟。我们听罢，赶紧点了几个拼盘，海鲜、蔬菜、雪花牛肉各点了一点。

小陈告诉我，他最不擅长做抉择，尤其是点菜什么的。

我说，我也是。

那我们以后在一起了怎么办，谁来点菜？他说完这话，马上显露孩子般的羞怯，想要收回这话却为时已晚。

这种难言的忸怩与尴尬一直持续到开锅，好像有人拿枪怼着我们后背，说什么都要小心翼翼。直到金黄色的佛跳墙锅底开始上下翻滚，我们一面下菜，一面又放松下来。

我问小陈，他家是哪里的，做什么的，将来有什么打算？

他照实答道，他在北京海军大院长大，父母都曾是军队的高干，他爸爸是沈阳人，他妈妈是上海人，至于将来，他肯定是要在北京发展，所以他们全家都希望他尽快解决婚事的问题，最好是找一个北京姑娘。

小陈问我，哪里人，哪里长大，准备什么时候结婚？

我也如实回答，北京人，箭厂胡同长大，如果遇到对的人，尽快结婚。

小陈有点高兴，他甚至都顾不上吃，两手左右揉搓着，说：原来你也是北京人啊，那你现在还跟父母一起住吗？

我当然知道他的意思，吃着菜慢慢地答：不，我自己住在奥运村那边，我爸妈住在西单那边，他们从胡同的房子搬出来后，就住到西单去了。

西单很好啊，是学区房吧？就是稍微闹了一点。

我犹豫了一下，没料想小陈这么快就提学区房的事，我说：他们那房子倒是离北师大实验挺近的，但我想孩子以后就住奥运村这边好了，不想让我爸妈那么辛苦。

你真好，小陈说。

他突然说的这句话搞得我不知道怎么接话，我夹了一些绿叶菜给他，说：多吃菜。

嗯，他忽然起意说，不然孩子由我父母来照顾？他们很喜欢小朋友的。

怎么一上来就谈孩子的事，是不是太快了？

虽然不应该这么直接，不过咱俩年纪都不小了，这事也拖不得，需要提上日程了。

那你打算什么时候结婚？

你刚刚不是说尽快吗？那咱们就尽快吧。

可我还不了解你啊，我放下筷子，有点无奈地说，我不能跟一个我不了解的人结婚生孩子吧。

这样，周律师，你还有什么想了解的，你拉一张单子，我一一解答。但是结婚这件事，请你理解我的心情，我父母已经老了，他们希望早点抱孙子。

我的意思是，我们可以再相处一段时间看看。

你觉得大概多久合适？

我问，合适什么？

结婚。

怎么今天说来说去都绕不开结婚了？

小陈一脸感慨，说：没办法，你我是到了必须结婚的大限，这次怎么也要迈过去了。

听他这么直接，我觉得自己也没必要藏着掖着了，我直白地问，那你看上我什么了，觉得我适合跟你结婚？

我觉得你很优秀，能跟老人、孩子都处好关系。

你家里雇个保姆，不也能跟老人、孩子处好关系吗？

小陈辩解道，那不一样，我们现在车子、房子都有了，甚至连做饭的阿姨也有，缺的就是一位女主人。

我明白了，您的意思是，您家暂时不缺保姆。

不，我的意思是，你还挺合适的。

我面对着腾腾而出的热气，竟然开始提不起劲，也懒得再动筷子，我抻着脖子勉强提问：你至少应该先喜欢上我吧？

小陈以为我是脖子不舒服，还凑近帮我看看，我说没事之后，他才坐回原位，他怯怯地说，我又没说我不喜欢你。

算了，咱们别讨论喜欢、结婚这种大是大非的问题，你本身就容易紧张，一说起这个，这饭就别吃了。

小陈见我口风转了，也松下一口气，问：你喜欢看什么电影？最近《邪不压正》上映了，吃完饭去看？

你也不问问我有没有时间？

你不喜欢姜文？

所以，你是因为支持姜文才想看《邪不压正》？

他跟我一个院的，我虽然不认识他，但是你懂得，怎么也要支持一下大院子弟吧。

不如你描述一下，你们大院子弟都有啥特点吧！

特点？小陈眼珠快速转动，想了一会儿答道，都很直率、豪爽，为人也比较正直、局气。

别提"局气"，上次跟我说局气的人，从我这里骗了 3000 块钱。

你怎么被骗了？

我还纳闷我怎么被骗呢，总之别提"局气"。

好，我下次带你去我们大院转转，你就明白我什么意思了。像这样在饭桌上描述，我还真讲不清楚。我 10 岁前几乎没出过院门，所以我其实特别羡慕你们胡同长大的小孩，特别早就见过世面，知道察言观色。我在院里也不是孩子王，我属于蔫坏那种，总跟在"孩子王"身后帮他使坏，所以上学的时候没少揪女同学辫子，没少把鼻涕虫放在爱哭鼻子的小女生的衣服里。

咦，鼻涕虫。我只记得有一年，北京一整个夏天都在下雨，到处都湿淋淋的，墙角缝隙里都是蜗牛或鼻涕虫。

我也记得，差不多 1995 年、1996 年吧。因为那年夏天，"孩子王"带我做了一个实验，我俩捉了大概50 多条鼻涕虫，然后把他们装进一个塑料罐里，偷来我爸浇花用的喷壶，壶里面装上盐水，对着罐子里的鼻涕虫猛喷。

天，别说了！

对，你知道鼻涕虫最怕盐，它一遇到盐水就开始脱水，因为它体外的细胞浓度会骤然升高，一旦大于它体内的细胞，体内就会向外渗透失水。然后你就看到它一层层脱皮，背上渗出黄色的脓水……

　　我实在听不下去，打断小陈说：好了，我想我已经足够了解你的童年。

　　小陈眼睛里依旧散发着光彩，只要一提到童年，提到跟"孩子王"一起的日子，他就变得异常兴奋。不觉之间，小陈已是大汗淋漓。他笑说，成都火锅没把他吃垮，在港式火锅这里，他倒是败下阵来。

　　我递给他一张纸巾，说：你这是聊兴奋了。

9

"孩子王"归来

他有一张张爱玲笔下的"六角脸"，加上鼻梁高挺、眼窝深邃，让人乍一看误以为是混血儿。但他的那种混血和我妈那种（满族与朝鲜族）的不同，他的棱角更分明，如果是女孩，想必是倾国倾城的姿色。

陈浩锋的童年是蓝色的。他记得，海军大院幼儿园的制服是小海军的样子——每个小朋友都是一身蓝，只有白袜子和懒汉鞋的鞋边是雪白的。他和"孩子王"骑一架自行车上学，"孩子王"故意卸掉后座，让小陈坐在车前的大梁上。他们把自行车座椅拔到最高，他俩紧挨着并行，在大院里呼啸而过。他们像两支梭鹰，翱翔在碧蓝的北京天空，这蓝色串联起我童年的记忆，正是北岛笔下"瓦顶排浪般涌向低低的天际线，鸽哨响彻深深的蓝天"的北平。

据小陈描述，"孩子王"之所以为王，是因为他可以完美地完成所有事情，无论是日常作业，还是打架斗殴，大家都怕"孩子王"，害怕他的无所不能。两人算是从娘胎里就认识的好朋友，小陈的妈妈跟"孩子王"的妈妈都在解放军总医院待产，两个妈妈的产床相邻，孩子们也是前后脚出生的，"孩子王"是哥哥，1987年7月18日诞生，小陈的妈妈本身应该生个狮子座男孩，却也沾了"孩子王"的喜气，在7月20日早产诞下小陈。

两顿火锅下来，我和小陈吃出来"老夫老妻"之感，他和阿董都是家长眼中完美的结婚对象，懂得体恤人，又明白生活的不易。然而如果非要我在两个中挑选，我更偏爱小陈，因为他的话总是点到为止，他不说的那些事情勾起了我极大的好奇。小陈说，他从出生就和"孩子王"在一起了，儿时的他时常想，如果自己能成为像"孩子王"那样顶天立地的男子汉就好了。

我问，"孩子王"现在在哪儿？

他在美国，他高三的时候去洛杉矶读高中，之后就留在加州了。

我接着问，那他后来考上哪所名牌大学了？毕业之后在哪里高就？

小陈摇头，他眼光流转，眼中有一种难掩的叹息，他说："孩子王"到了美国之后，住的是南美移民的街区，跟着邻居家的小孩迷上赌博，可能再加上他无依无靠，我又不在他身边，他就干脆辍学，直接到赌场里上班。

他到美国之后，没联系过你？

刚开始有，我们有时会通电话，他放学回家之后会告诉我，他一天都学了什么、发生什么事，但他很快就厌倦了。他的学校在乡下，从他家到最近的超市都要半小时车程，学生也都呆头呆脑，就是这样的同学还好意思取笑他的英文发音，要知道，"孩子王"可是我们班的英语课代表啊。

可能他不给你打电话，是因为打了也解决不了问题？

小陈有点生气了，但他的气并非来自于我，他稍带苛责地说：我们可是从小穿一条裤子长大的兄弟！他就是我，我就是他，他这样浪费自己的人生，等于就是在浪费我的人生！

后来呢？你去美国找过他？

我当然找过！小陈情绪越发激动，他说：我在星巴克卖了整整一个暑假的咖啡，才存够了去美国的路费。等我到了美国，给他打电话，他竟然不接，那我只好去他工作的地方找他。可他见到我的时候，竟然当我是一个陌生人、一个他不认识的赌徒，他还问我下不下注、下多少、跟不跟，你不知道，我看到他头上抹着厚厚的发蜡、西服革履地给赌徒发牌的时候，那种悲惨的样子，无论他发快、发慢，他都要遭白人大胖子的奚落。

我作为听众，听到这里，都起了恻隐之心，我说：你肯定想立刻拉他走吧？

我不只是想，我真这么做了。我拉起他就往门外去，我才懒得理桌上赌徒的尖叫与咒骂，我不管，我要带"孩子王"离开，但没等我们走到门口，几个特别壮的黑人保安就把我的头按在地板上，我现在还记得我的头重重摔在橡木地板上的巨大声响，那一刻我满脑子都是"嗡嗡"的回音。我看见"孩子王"试图拉开保安，试图抱起我来，但那当然是徒劳，后来我再也没见过他，他就这样，缺席了我大学的四年。

所以，你大学毕业后，他回国了？

那一次"闹事"之后，我就上了美国入境处的黑名单，我没法再去找他。我也因此气他，如果他一早见我，不是这种东躲西藏的，就不会发生这么多闹剧。我从小到大都是模范学生，就算"孩子王"在外面惹事，我也一定有招帮他摆平。但唯独这次，我栽了，栽在他的事上。他可能觉得对不起我吧，隔了很久才告诉我，他回来了。因为我那件事，他被赌场开除了，本来可以给他延期的签证泡了汤，他回来以后才跟我解释，原来赌场是最容易留在美国的方式，这份工作没什么不光彩的，只要他的雇主愿意给他续签，他就能成为一个 American。

我笑了，现在都是 21 世纪，又不是 20 世纪 90 年代的移民潮，何必非要成为American？

小陈笑笑，他说这是"孩子王"的执念，"孩子王"就是喜欢跟别人不一样，如果班上没人吃过榴莲，他肯定就做第一个吃榴莲的人。

我觉得小陈也有执念，他太执着于"孩子王"的事，他关心他的一举一动，他将自己不能完成的理想寄托在"孩子王"身上。即便他做了公务员，他还是希望"孩子王"可以成为American，希望他能替自己过上一种乌托邦的自由生活。可是，"孩子王"最终没能成为American。

我们第三次相约吃火锅时，小陈带上了"孩子王"。

"孩子王"与我想象的模样迥然不同，他不像小陈那么高，但也没有我以为的那般粗犷。他有一张张爱玲笔下的"六角脸"，加上鼻梁高挺、眼窝深邃，让人乍一看误以为是混血儿。但他的那种混血和我妈那种（满族与朝鲜族）的不同，他的棱角更分明，如果是女孩，想必是倾国倾城的姿色。

我们仨见面约在南门涮肉，这家馆子跟之前吃过的两家火锅比起来，私密性更高——每人一个铜锅，各涮各的，各吃各的。我猜到了小陈的用意，一来是表示对我的认可，带我见他的"发小"，二来是请"孩子王"替他聊聊他们的故事，总之是有利加深我们彼此的了解。

"孩子王"见我略有些尴尬，他笑着揽住小陈的肩膀，说：这家伙不会说话，但就是这么不会说话的人，跟我讲了你很多好话，可见他真是挺喜欢你。

小陈挣开"孩子王"，对我说：别听他瞎扯，我没怎么提到你，坐吧，我们坐吧。

服务员端上来三个清汤锅底，随之拿来三碗南门涮肉特制的"麻酱特制小料"，小陈本想帮"孩子王"递小料，但是看我夹在中间，索性就把小料搁在我面前了。我一顺手，再递给"孩子王"。

"孩子王"打量着这笑脸模样的小料，说：两个眼睛，一边是蚝油，另一边是韭菜末，嘴巴粉红色，嗯，是腐乳。周小姐，我跟老陈来这么多次，都对这个小料没啥印象，怎么一跟你来，觉得这儿什么都有意思呢？

我刚想回应，却被小陈抢先了，小陈说：你不知道，每隔 7 年我们体内的所有细胞都会代谢一轮，所以 7 年前你吃的什么，你肯定不记得了。

"孩子王"有些不服气，他反驳道：你以为我是金鱼，只有 7 秒的记忆？7 年前的夏天，我回到北京，你就在这个包间里为我接风，我怎么不记得？说罢，他转头问我：周小姐，不如你讲讲你对我家陈浩锋的印象吧！

我望着铜锅里的热气，又看看小陈的脸，说：他很好，他经常跟我提你，还讲了你们玩毛毛虫的事。

小陈立刻纠正了我，说：是鼻涕虫。

"孩子王"也帮腔说：毛毛虫和鼻涕虫可不同，因为我俩也用同样的方法虐杀过毛毛虫，但这家伙完全没事，它不会脱水而死，所以后来我们……

小陈接上他的话，继续说：后来我们在六里桥天桥上买了两只小鸡，养它们来对付毛毛虫。如果你用普通的方法，喂小米给小鸡，小鸡活不过一个星期，但是我们尝试让它们叼虫，不给它们吃米，最后它们饿得没办法，只能吃虫，结果你猜怎么着，它们很健康地熬过了最初的"死亡之月"，别的小朋友对我俩的实验都佩服得五体投地。

"孩子王"笑了，说：现在再看，只不过是一些雕虫小技，你必须知道每样事物的优点和缺点，然后用你的优势去攻击敌人的劣势，才能稳赢。就像这涮肉，他夹起一块雪白的肉卷说，一定要先涮这"羊尾油"，北京人都是老饕，涮肉一定是羊肉，下羊肉之前一定先来几筷子的"羊尾油"。

这时，无巧不巧，小陈又帮腔说：先肥后瘦，吃的是规矩。就像咱们北京人吃不了南方的香油、辣椒油小料，吃不惯海鲜底料一个样。

我不愿煞风景，夹起一块"羊尾油"往锅里去，大概几句话的工夫，小陈提醒我要捞起"油"来。我蘸了这特色的笑脸芝麻酱，趁热送入口，绵绵的口感，我皱了下眉头。

小陈立马问，怎么，不好吃？

好吃是好吃，太烫了。说着我又干了一杯酒，其实我心里真实所想是，这不就是油嘛，膻膻的，有啥好吃。

"孩子王"果然快我们一步，他已经开始涮羊上脑和羊里脊，吃着还不忘叫服务员拿两瓶冰啤酒，他看着我说：男人就是这样，吃好肯定也要喝好，今儿咱仨高兴，整两瓶喝喝，你放心，保证不把陈浩锋灌醉。

酒上来了，我们仨配着羊肉小酌，我感到既惬意又奇怪，我看着他俩有些拘谨地相互打趣，觥筹交错之间似乎另有玄机，我不自觉地多喝了几杯。小陈连着给我夹了几次他涮好的肉，他让我多吃菜、少喝酒，接着他见"孩子王"碗里空了，正准备给"孩子王"

送一块手切羊肉，没想到被"孩子王"挡了回去。"孩子王"喝红了脸，冷笑道：你管好你女人就成，我不重要，我自己能照顾好自己！

这么一说，小陈像吃了瘪一样，手停在半空中。我下意识地伸过脑袋，吞了那块肉，说：他家的羊肉真是越嚼越有劲。

"孩子王"拍着我的肩膀，大笑道：妹子，我觉得你比这羊肉还有劲！陈浩锋从小就没追过女孩，他呀，是高富帅，仪表堂堂的，尽是美女倒贴他！我跟你说，小学4年级开始，追他的女孩就从我们院排到天安门了！

小陈拽过我来，瞪了"孩子王"一眼，说：那谁，别胡说八道，你控制一下。

"孩子王"甩着头，瞪圆了眼睛，说：谁瞎说谁是王八！你拒绝了多少好女孩啊，嫌人家这不好、那不好的，我每次都觉得你是故意的，仗着你家位高权重欺负人家姑娘，这可不行！小周啊，"孩子王"又揽过我的腰，说，我看你这姑娘特实诚，你这样可不行，你这样降不住这小子啊，以后我就是你大哥，你有什么事尽管告诉我，陈浩锋要是敢欺负你，他要是出去拈花惹草了，我第一个不饶他！

小陈站了起来，喊服务员过来买单。服务员一进屋，吓了一跳，因为此时"孩子王"头发凌乱，正握着酒瓶子蹲在桌下抽泣。

　　小陈是个好面子的人，他想拉"孩子王"站起来，却被一次次甩开。再后来，他跟我道了歉，他说，不如你今天先自己回去吧。那种情境之下，我不能不同意，"孩子王"哭得越发伤心，而小陈不希望我过分介入到这件事中来。小陈说他能处理好，我也喝多了，不明白他的意思，我只知道，他有些事不想让我知道。

　　我醒酒后，大概隔了一个月，终于接到小陈的电话。他再次约我见面，挑了我家门口的咖啡厅，他说他有话跟我讲。我在见他之前，确实猜测过他的意图，他可能要跟我解释那晚我走后发生了什么，可能为没能送我回家而道歉，也有可能是向我求婚，但这可能性比较小，因为小陈的自尊心很强，如果他要求婚，肯定会在一个正式场合搞一个隆重仪式。

　　我怀揣着怀疑来到他面前。他穿了一身白，远看确有一种仪式感。他穿得如此隆重，我觉得他将要说一些严肃的事。待我坐下，他果然拉起我的手。我们静默相处了一分钟，而后他说：如果你愿意，我还是可以娶你。

我疑惑了，问：什么叫"还是"？

他松开了我的手，盯着咖啡厅桌上的塑料花说，其实我从小到大，一直有一个喜欢的人。

这可没听"孩子王"说起，他那天只说了你是怎么发"好人卡"给女孩的。

对！小陈忽然提高了嗓音，却又极快地克制下去，说：他当然这么说，因为那些"好人卡"都是他帮我写的……

我依旧疑惑，依旧追问：他凭什么帮你拒绝别人？他是你什么人啊……话音未落，我已经意识到了一点端倪，不敢再问下去。

小陈微微抬起眼睛，他眼里都是红血丝，血丝与血丝连在一起，令他的话语里渲染着绝望：你猜得没错，"孩子王"就是我爱的人。

他那一个"爱"字轻声细语的，不徐不疾，却沉甸甸地砸在我心上。我缓了缓神，想说话，却又不知说什么好。

小陈再次低下头，他说：和你相亲这事，是我不对，我根本就不配参加联谊。但我爸妈年纪大了，他们想看我快点成家，他们想我有个一儿半女，所以我真是迫不得已才跟你出来见面。我没想过要伤害你，甚至在咱们仨一起吃饭前，我都觉得咱俩的事是可以成的，但我实在看不了他难受，他难过得要死，我也没办法活，我跟你说过，他就是我，我就是他。

我看咖啡厅里没人，学着电影中黑帮大佬抽烟的样子，点起一根烟说：你想找我来"形婚"？

不，不是，我是可以和女人的，只是我不情愿，我除了对他，对其他人都没感觉。我觉得你很好，你这么优秀，我爸妈肯定喜欢……

我冲着小陈的脸上吐了一个烟泡，打断他说：你爸妈喜欢，又不是你喜欢，你觉得我脸上刻着"同妻"的八字？

他难过极了，五官开始缩成一团，他咬着牙想了一会儿，再道：这样吧，我现在跟你坦白了，如果你可以接受我在婚后还见他，我们就结婚吧。

大哥，我到底是有多不好，现在轮到你跟我讲条件？

不，小陈马上反驳道，我不敢和你提条件，我在琢磨，是不是可能有什么两全的办法？

例如？我把你掰直？

小陈窘红了脸，说：婉京，不是这样的，你……不要这样……

如果一个男人特意穿戴整齐来见你，在不情愿的状态下呼唤你的名字，并且不知道也不能给你任何承诺的时候，我劝你最好"走为上策"。事实上，我实在受不了一个法官给我的未来做任何不着调的审判，我也不想在 N 多年后后悔自己当初的决定。小陈是我迄今为止最满意的相亲对象，这不假，他是我唯一认真考虑过结婚生孩子的对象，这也不假，但我在听到他喊我名字的那一刹那，我突然觉得，够了，要是一个人爱你，他不会那么不情愿地喊你的名字。

　　后来，我又在茶水间偶遇小贾，小贾告诉我，还好我没跟这个小陈好上。她说，员额制开启了新一轮的裁人计划，朝阳法院研究室要被整个裁掉，这小陈跟领导关系一般，自然留不下来。她又一个劲儿地夸我，说我的福气还在后头呢。再过了一段时间，她就不夸我了，因为她听说，这小陈竟然家里有权有势。我知道的比她稍微多一点，我没告诉她，小陈主动辞了职，已经移民了。

10

范思哲式 "艺术创作"

他喜欢和气场强大的人打交道，在他接触过的女演员里，他

最喜欢刘晓庆和巩俐，因为她们够强大。

我妈听说我再次碰壁，她以一个深情的拥抱来表示安慰，她说我真应该把自己的"相亲奇遇记"写一写，我说如果哪天我出本书，一上来肯定先描述我妈。听我这样一讲，"双子座女神"兴奋地问东问西，问我要怎么描绘她的美。我呢，我会让你穿一件山羊皮的小袄，抖出来的每个步履都是"泼天的富贵"。"女神"马上翻脸，掐着我的耳朵说，你不要欺负我读书少，我还是知道这句话是用来描述西门庆的！我也毫不示弱，反问她，妈，您不是名门闺秀吗？看的什么圣贤书里竟会讲到西门庆？

有一点，我妈讲得没错，那就是我的相亲经历是一波三折。我把我的故事逐一讲给范思哲听，让他这个大导演也差点大跌眼镜。但他也跟我说，他现在很难客观地看待我那些"前相亲对象们"，因为他已经爱上我了。他就是这么痛快的一个人，像他印堂两侧的大浓眉一样，从不藏着掖着。他也说，他这样的性格在宫斗戏里活不过两集，不是被人弄死，就是自己受不了愤然离开。在范思哲没成为导演之前，他给国内几个大导都做过副手，他说，帮别人拍戏和给自己拍戏，根本是两码事。

我和范思哲正是在《邪不压正》的首映会上遇见的，我当时陪着金小姐一起去的，她是应邀出席酒宴的嘉宾，可一到现场，她几乎每走一步就会遇到一个熟人，看她端着"唐培里侬"的高级香槟跟这些大导、名流、明星寒暄，我便退到一边去了。于是，我在宴会厅角落里撞上了推门而入的范思哲，他刚去外面抽烟回来，衣服上带着万宝路烟草的味道。我撞到他衣服上，差点跌跟头，幸好他及时扶住我，我才免于"扑街"。

范思哲扶起我后，略显惊讶地说：你是？你看起来像是跑错了剧组。

我站好之后，索性脱了我的高跟鞋，用高跟鞋指了指宴厅中央笑颜如花的金小姐，说：喏，我跟她来的。

你是金小姐的朋友啊？我都没听她提起，她还有这么漂亮的闺蜜。

闺蜜是闺中密友，闺房你进不来，自然就不知道我的存在。

在我和范思哲交往后，他告诉我，他就是被我这种不知哪里来的霸气给吸引住，他喜欢和气场强大的人打交道，在他接触过的女演员里，他最喜欢刘晓庆和巩俐，因为她们够强大。

听到这里，我捏着他的大鼻子，说，我看你是迷恋权力，你在片场还不够有权力吗？可你啊，不该把你们电影圈的毛病带回家！

他抓住我的手，轻轻嘬着我的手指，说，那你得改名叫"权力"了，因为我现在非常非常非常迷恋你……

刚开始的时候，我和范思哲在那方面还挺和谐的，不管他在横店还是涿州拍戏，只要他回到北京，我们总能抽出时间来"赤裸相待"，我们热衷于这项运动，甚至和谐到躺在床上一起规划未来。范思哲说，他想多要几个孩子，我至少要给他生10个才行，加上他，正好凑足一个足球队。如此一来，振兴中国男足的梦想，指日可待。

但是快到老范新片杀青的时候，任我使出浑身解数也找不到他。患得患失的我向金小姐求救，她也找不到老范，只好劝我再忍忍，她无意间说了一句"正房太太都是这样的"，我就不敢再问下去了，我始终相信，虽然演艺圈很乱，但是老范在我的影响下应该还算是一个好同志。老范自己也这么说，他在杀青之后如期而归，一见面先来了一个"熊抱"，实际上身高 172 的我在 188 的他怀里就像树懒抱树一样，他悠着我转了三个圈，然后说，婉京，我想死你了。

这想归想，他却没了实际行动，从不买花、不买礼物，逐渐发展到连菜都不买，再后来，他又开始玩失踪，出差拍戏前一个招呼都不打，他说他需要创作的空间，他说天天和我腻在一起不是个办法。我家逐渐沦落成他的招待所，而且不需要门禁，他可以来无影去无踪。有一晚，我转身侧卧，忽然发现身边躺着一个大活人，吓得半死，定睛一看，竟然是范思哲，他鞋也没脱，头朝下瘫在床上。

我推推他，勉强把他的头转了过来，说：喂，脱了鞋和衣服再睡。

范思哲丝毫不为所动，又扭过身去。

我有点生气了，硬是克制住了怒火，娇滴滴地问他：喂，你都多久没碰我了，你还知道回来啊，是不是发现野花不如家花……

范思哲发出哼唧一声，我刚以为他要回应我，凑过去听，却被他突如其来的呼噜声震开。

更让我震惊的是，翌日清早我去楼下买了早点，本想叫醒老范，跟他一起吃，却发现他不在床上。我全屋找了一圈，最后在洗手间发现他，当我推开门的那一刻，他应该正在兴头上，两条浓眉幸福地一字排开，随着他手机里的视频声音而上下颤动，那一刻全世界似乎都处在共振当中，包括老范的手和他的那玩意。

共振之后尚有余震。

我就着豆浆油条问他，为什么不能和我做，非要自己一个人看片打飞机？

他不敢看我的眼睛，像做错事的小学生一样，怯怯答道：我最近不太顺利，我怕影响你……就是……之前那部戏票房不行，我们整个制作团队都成了投资人的奴隶，赶紧得拍下一部作品，还投资人的钱。

投资有风险，投资人在入市之前就应该明白这个道理吧？他们怎么能反过来让你这个导演赔钱？

其实也没你想的那么糟，嗨，就权当投资人给我一个新的机会，他想让我拍一部稍微带点颜色的电影，卖到东南亚去，他说那边有市场，能帮他捞回来一部分。

带颜色？那不就是三级片？

话虽如此，但亲爱的，我向你保证，我以我电影人的良心起誓，我绝对不是那种只拍三级片的导演，我是有文化内涵的，这部电影我就想把《战狼》《湄公河行动》的感觉都用上。说实话，我是受了你的启发才想到一个故事，我们的女主人公像你一样强，她是我国公安安插在缅甸毒枭集团里的一个卧底，她卧薪尝胆地潜伏在敌人内部已达10年之久，她想回家而不得，就像我想念你又不能给你打电话一样，终于有一天她将接受她潜伏期间的最后一项任务——刺杀毒枭头子。可不幸的是，她被毒枭安插在公安内部的卧底出卖，毒枭头子识破了她的身份，并把她送入集团基地地下的监狱。我们电影的第一个场景就从这个阴暗潮湿的监狱开始，第一个定焦是大中景给到女主，第一个镜头就从女主睁开眼那一霎开始，你想象一下，我喊"action"的时候，浑身是伤的女主睁开眼，发现自己裸着躺在暗无天日的地窖里，那得多绝望！

我看老范说得投入，不愿泼冷水，只好顺着他问：三级的点在哪儿？

哦哦，谢谢宝贝的提醒，差点忘了介绍，我们这个片子和以往的三级片最大的不同就是，我们是从头搞到尾，一点不掺水，全是硬货。刚刚提到这是第一场戏，然后因为女主身材实在太火爆，狱监就把她……然后她杀了狱监，下一个目标就是杀毒枭头子，她要为她的贞洁而战。

我明白了，所以她睡了所有路人，你们剧组的群演、替身可有福了。

不！你没明白，这都是策略，是这帮坏人要睡她，她走投无路，要么睡、要么死。

那我宁可死。

没错！我们女主也是你这个脾气，但是她为什么最后成功杀死了毒枭头子，哎哟，我竟然剧透了结局给你，你可千万别跟别人说啊，不然影响我们票房。为什么成功了，不就是因为她能屈能伸……喏，她跟你可不一样，我不在家，她不会一千个电话打到片场去问我在干嘛。

我瞪着老范，说，我那是关心你。

关心则乱啊！你看你把我吓的，用手都不愿意跟你，这样你都不反省一下为什么吗？

成，那我以后不管你死活。

老范见我生气，马上从背后环抱住我，劝慰道：我逗你呢，今天的事是我不好，这样，为了表示我忠心不二，我准备做个决定！

你别求婚啊，对着豆浆油条，我不会答应你的。

不是，比求婚还重要，我决定把你写入我的创作当中，这样好不好，我让女主叫你的名字，婉京！

我看你是神经！说着，我甩开老范的胳膊。

某天老范不在家，我忽然看到他留在写字台的剧本初稿，没想到他的一句玩笑话竟然成真，现在女卧底以"婉京"来命名，看得出老范还是照顾了一下我的感受，没让她姓周，但同名已是十分窘迫，我很难想象，导演每次跟女主角对戏的时候，都直呼"婉京婉京"，我也无法接受女主角在对手戏时，压在她身上的黑帮壮汉抽着她的屁股，叫她"婉京"。

我刚想打电话给老范，又想起他那句"艺术工作者需要创作自由"，只好作罢。我安慰自己说，毕竟国外的一些大导，例如贝托鲁奇和帕索里尼，也会拍一些风花雪月的场面。直到金小姐来访，她话里有话地暗示我，老范跟他新戏的女主最近走得很近。我问，怎么一个近法？金小姐说，老范在片场天天给女主"开小灶"，这女主是新生代女演员，也没什么脑子，以为老范要捧她呢，就使劲往上贴。我对金小姐的话将信将疑，我知道她路子广、信息灵通，既然老范暧昧女主角的事都能传到她耳朵里，意味着这事已经传遍了大半个演艺圈。

金小姐走后，我一晚上辗转难眠，推心置腹地想，自己怎么也没法跟二十出头的小演员比，也难怪老范近来对我失去了性趣。一问他怎么变冷谈了，他就否认说没有，拿工作忙来作掩护，实际上很有可能是有了别的花花肠子。可我转念一想，如果这女一号真叫"婉京"，那老范跟她亲热的时候不总得想起我，老范如果真是有了二心，他不会蠢到用女友的名字来撩妹的，他怎么可能喊着我的名字，却亲着另一个女人？

事实证明，我错了。等我真的来到横店片场，看着范思哲亲身示范亲热的戏份时，他扒光那个只穿了一件吊带背心的女生，只用了不到 5 秒，接着他握着女生傲人的双峰，转头冲男主角喊道：你看好了，要这么捏她，婉京才会觉得痛！男主角神情木讷，气得老范直跳脚，他让女生穿好衣服。他温柔地对女主角说，男演员太笨，害得他只好再示范一次。女生早已涨红了脸，含情脉脉地点点头。老范再次提醒男主角认真看他的动作，要干净、利索，充满情欲，他大声呵斥男演员道：你不能不敢，多少男人都想睡她呢，你有这个机会还不好好把握？但是有一点，你揉归揉，不能把"婉京"弄疼了！

整个剧组都笑了，准确地说，是整个剧组都沉浸在一种溢出的浓烈的雄性荷尔蒙气息中。摄影师、灯光师，甚至是场务，都涨红了脸，恐怕导演再喊一声，他们就要冲向高潮了。而婉京，无巧不巧，成了点燃他们欲望的导火索。此刻，即便真正的婉京站在他们面前，他们也视而不见，因为他们的身心贯注在"艺术创作"上，三级片中常见的摸、抓、捏、掐、揉，在老范这里，都是艺术。如果拍得不好，或是谁阻碍了拍摄，那他就是吃了豹子胆，竟敢公然践踏艺术。

这场戏反复拍了三个小时，戏中的"婉京"有遮阳伞、助手伺候，而我只能躲在方圆十里唯一一棵大树底下等。等到这场结束，老范拉着"婉京"经过大树，看见我的时候，他的表情像吃了苍蝇屎一样难看，他一度想喊我的名字，想到此刻有两个婉京，就立马改口问我：你怎么来了？

我泰然自若道，当然是来看你了。

接着，他刚想把"婉京"介绍给我，说：这是……对了，我老叫你戏里名字，你真名叫什么来着？

我笑了，说，范导，你怎么连女一号是谁都不记得？

没想到我的这句话竟引来"婉京"的反击，她挺着胸脯说，这位大婶，范导教育我们，一旦入戏了必须忘我，在这部戏里，我只有一个名字——"婉京"。

老范见我神色不对，赶忙打发了女主角去休息室背稿。送走了女主，他赶紧给我赔不是说：亲爱的，你怎么来了？不是说好了不打扰我创作吗？我们这本来干劲十足，你一来就全没了！

我看你真是"干"劲十足啊，我故意拉长了"干"的音。

你瞧，你又误会了，她是投资人的那啥，我……我怎么也不可能跟她呀，这不是找死。如果横竖都是死，我宁愿死在你手上，我的命是你的。

我倒吸一口气，说，我走可以，能不能别叫她"婉京"？

老范摸着我的头，故作柔情道，你得支持你老公的创作，你就为艺术献身一次呗，我保证，这戏杀青以后，差不多仨月以后，咱俩的事……我给你一个交代。

三个月后，我打开电视，无意间看到娱乐卫视的一条新闻报道——"《霸王花之孤胆战毒枭》今日于横店影视城正式杀青，导演范思哲、男主角梁思远在新片发布会上发言表示，这部电影将成为华语电影界一部重量级的限制片，范思哲还表示，他由衷感谢一路走来所有人给他的爱与对艺术的无私支持！不过发布会上迟迟未见女主角，据可靠消息指，'霸王花婉京'的扮演者王爱爱目前正在美国待产，这很容易让我们联想到她在片中的大尺度表现，莫非是假戏真做让她意外怀孕？谁是孩子的父亲？娱乐卫视将继续追踪报道后续内容。"

我关了电视，就约金小姐出来喝酒，她什么都没说，陪我干了一瓶"黑方"。她说：我那晚喝得烂醉，到了她家还吐在她新买的印度地毯上。接下来的一周，她一直在我耳边抱怨印度地毯有多贵、多难买。但她没告诉我，她叫"圣母Z"过来擦了整晚的地毯，她也没说，范思哲曾激动地打来贺电，这位刚刚跻身名导演行列的大腕在电话那头猛喊——婉京，婉京，你火了！

11
35 度花雕

我从没见过一个男人醉成这样，我事后问我妈怎么才能喝到酩酊大醉，她是过来人，语重心长地告诉我，那人得是多么的落魄与失望。

过去纠缠不休，正如它从未走远那般向你我踱步，正如你眼前的我带着无数个他们的身影。

这是邱教授的一首诗，他是历史学家，他说他的任务就是将纠缠在一起的历史线索、脉络、人物梳理清楚。他认为，一个好的史学家，要能够站在此时此刻，幻象彼时彼刻的人是怎么生活。

总角之宴，言笑晏晏。邱教授做历史研究的时候，心态亦如初恋的少女，即便而后步入了尘世烦乱芜杂的情事，念念不忘的始终是自己最无邪的年月。他的少女心也许来自于他的研究对象，他们社科院的其他同事都在从事宏大叙事的年代学书写，而他只醉心于晚清年间上海法租界"长三堂子"的研究。

邱老师抬了抬他的眼镜，问我：你知道"长三堂子"为何名为"长三"吗？

我对这些专有名词并不了解，又不好在邱老师面前"掉书袋"，只好摇头。

"长三堂子"的"长三"指的是，喝茶三元，侑酒三元，留宿也是三元，对应的是会乐里里面"先生"们的社交活动——打茶围、叫局和吃花酒。

　　我略显疑惑，问：如果长三是妓院，那为什么妓女可以被称作"先生"？我以为"先生"都是林徽因、许广平之类的人物。

　　邱老师笑了，眼睛眯成一条缝，他托腮思考的样子像极了末代皇帝溥仪，他思考了一下说：你可不要小看 20 世纪初的上海妓院，他的范围一度从上海城内小东门延伸到租界的浙江南路、湖北路，一直到 1946 年还有极大影响力，你想想这五十年里权倾朝野的达官贵人才能成为这里的座上宾，每逢夜幕降临，会乐里的每幢洋房里都藏着一个角儿，入夜灯火齐明，弄堂里"红、玉、香、亲"的艳名广告竞相争辉。依鄙人之见，这些艳名虽不比林、许的"先生"，但如果你要我选，我还是倾向于"长三"的先生。可惜我生不逢时，若能回到那个时代，我想我无意间走过"长三书寓"都可听出各中精妙，不消说"书寓"里的雕栏玉砌，想必是上等的明式家具，用那紫檀的花鸟顶箱柜，配上黄花梨的罗汉床，你能说这样的女人不是考究的"先生"吗？怕就怕，比你口中的"先生"还要略胜一筹……

若不是服务员端上茴香豆，打断了老邱，我想老邱是可以一路讲下去的。他筷子一横，挑了一颗最大的茴香豆，在鼻尖过了一下后送入口，咀嚼间回味道：他不回答，对柜里说，温两碗酒，要一碟茴香豆。

我问：谁，谁说？

这是鲁迅《孔乙己》里的句子，也难怪迅哥对这豆子格外钟情，嚼嚼韧纠纠，吃咚嘴里糯柔柔，细品之下尽是绍兴的滋味，三两桂皮烹煮，不能少了谦裕、同兴的好酱油，如果这时能来上一壶绍兴花雕，真是美哉！

我挥手叫了服务员，加了一壶绍兴花雕。

谢谢小周。邱老师叹了口气说，实在抱歉，我一说起自己的研究来就喋喋不休，总是不知不觉说了一大堆没用的，别人总以为我是喝多了才如此，其实我醒着如同醉着，因为我是靠着过去活了这大半辈子的人。

听他一谦虚，我不知道说什么是好，只好埋头给他夹菜。

邱老师谢了我，说：不急，等酒上了再吃不迟，倒是小周你，你不如说说看你对茴香豆的看法，邱某愿意洗耳恭听。

不敢当，邱老师，您一说话，我的那些小聪明、小机灵都吓得缩回去了……我对茴香豆的印象，还停留在鲁迅先生写"茴"字，他不是说有四种写法吗？

你此刻问我，像极了迅哥笔下写孔乙己问孩童"茴香豆有几种写法"，只不过书中是在绍兴的咸亨酒店，而我们是在北京的孔乙己酒店。孔乙己书中给的是四种不假，只不过，要是你下次换个孩童再问过，答案可能变成五种了。写法无定数，但着长衫的孔乙己知道自己的命有定数，他生不逢时，他的时代是一个割据混战、礼崩乐坏的时代，他处在变革之下，却仍要做一个旧人，那下场一定是可悲的。像他窃书被打断了腿，他有他窃书的道理，"窃书不能叫偷"，但打他的人是个莽夫，莽夫不听，硬说他偷，莽夫也有莽夫的道理，"拿别人的书看就是偷"，他是站在新时代的立场上来责难孔乙己。依鄙人愚见，偷要有入室行窃之意，才能谓之偷，举个例子，到了王安忆写王琦瑶被长脚杀死那一段，那样造成重大伤害的入室行凶才算是偷，相比之下，莽夫惩罚孔乙己"窃书"真是无事生非！

服务员拿来花雕，酒和温酒壶是一起上来的，都是青花瓷瓶装的。邱老师熟稔地用食指试了试瓶壁，说，差不多 35 度，花雕酒应该烫至 38 度到 40 度最佳。他想要服务员再烫一下，却见服务员一脸呆滞，便跟我说，不过我们别为难人家服务员姑娘了，要不将就一下？

好啊，我答得爽快，邱老师没问题，我当然就没问题。

一杯花雕下肚，邱老师忽而想起"长三堂子"的话题才讲了一半，他帮我添一杯酒，与我碰了杯后抿了一下酒，说：我现在还不能醉，刚才的话题讲了一半，现在接上，"长三"的影响力在旧上海到底有多大，这问题就像问杜月笙在法租界影响力有多大似的，我们局外人隔岸观望，道不清楚啊。历史的作用，如此，便凸显出来。我们就看 1924 年 10 月到 12 月这段时间，直系的冯玉祥在 10 月发动了北京政变，拥护段祺瑞成立临时政府，但受益最大的却不是直系，而是张作霖、皖系的卢永祥和奉军的张宗昌，他们趁机大军南下，占领了苏皖地区。时任宣抚军第一军军长的奉系军阀张宗昌赶走了齐燮元和孙传芳的势力，来到上海。张宗昌，人称"狗肉将军"，人生就两大嗜好——嫖与赌，而负责接待他的人正是上海滩的大佬杜月笙，杜对张的喜恶一早摸清楚了，早早安排下为张接风的地点。这回，你猜猜是哪里？

总不能是妓院吧?

正是!杜月笙将欢迎仪式设在了"长三堂子",他挑选的"先生"都是琴棋书画样样精通的,而且擅于周旋在富商大贾、流氓大亨之间,这些"先生"都是杜月笙的耳目与心腹,但凡上海滩有丝毫的风吹草动,必先通过这些人传到杜月笙耳朵里,杜老大想要世人知道的,我们便知道,若是他不想,没人敢向外宣扬半字。何以见得"长三书寓"里的女校书身份尊贵,你只需再看杜月笙另外请了谁。

请了谁?我嚼着茴香豆问。

他这欢迎仪式上还请到张宗昌的老上司李征五来出席。这李征五在沪上是有头有脸的人物,他在辛亥革命时募兵组织沪军光复军,不仅参加过光复上海之役,还为革命军劝募军饷。杜月笙请到他来,既能让张、李二人叙旧,又能借机为奉系的军饷铺路,奉系亦不会亏待杜,实乃一箭多雕。

这杜老大也是看什么人,下什么菜。

此言不虚,欢迎仪式之余,再设一道洗尘宴,礼节上就周全了。杜月笙这次又把出风头的机会给了"长三",设宴地点定在富春楼老六的"闺房"。富六跟我前面提到的"先生"有些不同了,她是新派的花魁,地位介于"幺二"与"长三先生"之间，跟男人的关系也更随心一些。她是正经的"花国大王"，明眸皓齿，能言善辩，几乎南下的王侯将相都要过一过她的玉手才算是在上海滩走过一遭。张宗昌的前后脚，1926年还来过一个张作霖手下的骁将，名叫毕庶澄，这毕氏刚到上海就被富六迷倒，以至于害得张作霖整只北伐舰队一败涂地。这桩逸闻被金雄白先生在他的《记者生涯五十年》中记载下来，金先生做出的评论十分中肯，他说，虽然毕庶澄的部队，本不堪党军的一击，但如他不因富春楼老六为之迷乱颠倒，则淞沪战役就不会那么轻易结束。所以谈及北伐史，富春老六确有"汗马之功"。

在您看来，这花魁是晚清的"长三堂子"更胜一筹，还是民国的"富春老六"青出于蓝？

哈哈哈，邱老师笑了，他一面让我吃酒，一面嘱咐我多吃点菜，他笑起来倒令瘦削的脸庞更显瘦削，他说：说来有趣，这个毕庶澄怎么会知道有富六这么个美人，还不是因为他看了《太平洋画报》的创刊号，报上刊出了富六的写真照，并配以文字，名曰"名花富春楼"。

我好奇地问，怎样，写真照好看吗？

你这问题是难为我啊，跟你们21世纪的审美还是有差别的。我记得，富六卧在一张西洋的扶手椅上，她托腮斜靠，神情泰然自若，遗憾此照是黑白的，若为彩色，那她一袭翠绿的旗袍定能将她羊脂玉般的肌肤映衬得更美。细看之后，我发现她的鞋履是最新潮的尖头镂空皮鞋，可穿得却还是晚清的早期旗袍样式，可见富六心中向往的应该是"长三"的时代。她跟我是知音，邱老师说到这里，忽然潸然泪下。

我递过纸巾给他，他反而摆手回绝了，只说了一句：花雕辣的，不打紧。

我学着邱老师的样子摸摸温酒壶的外壁，有点凉了，我叫来服务员拿去烫一下。

邱老师用袖口抹干眼泪，取下他那至少有1000度的笨重眼镜，说：我这个人吧自认是迂的，自知活在当下而不能，力图回到过去而不得，夹在时代与时代的中间，像是猪八戒照镜子，慢慢地，里外都不是人。

我不知说什么才能安慰老邱，一抬手自己先干了一杯酒，又满上一杯敬老邱，说：我看您没问题，就像这花雕，也分不同年份的陈，三年陈和三十年陈的味道肯定不同，越陈越香，这个道理我懂。

邱老师回敬了我，面色红晕着说：小周啊，你是我这些年见过的姑娘里面留到最后的，竟然能听我一直讲"长三"的故事，还听明白了一些，真是难得，我呀，就是那个硬要穿长衫的现代"孔乙己"，不知道吓走了多少姑娘！我活到就快"知天命"的这把年纪，阅人无数，你呢，是唯一一个能坚持听到"富春六娘"的女孩，所以冲这一点，我还要敬你！

老邱说完这句话，就醉倒在孔乙己酒店的地上了，他趴在地上硬说自己正在伏案写作，让周围的服务员和客人都小声点，不要影响他创作。我从没见过一个男人醉成这样，我事后问我妈怎么才能喝到酩酊大醉，她是过来人，语重心长地告诉我，那人得是多么的落魄与失望。

我那一晚看到的不是社科院的邱教授，而是"孔乙己"，他想要把酒吐了，却又舍不得，他口口声声说这酒是"一坛绍兴好酒"，他说《红楼梦》第63回"寿怡红群芳开夜宴"讲过，袭人为了给宝玉过生日，私下串通了平儿弄来了这好酒。

邱老师红着脸，抱着酒瓶，如同母亲怀抱刚出生的孩子一般满足，他喃喃自语道：这酒是从浙江先走水路再转陆路，用瓮装着一坛坛运来的，当时可没有廉价的玻璃瓶，你要是在酒肆可以零沽一些来喝，但体面的大户人家都是整坛买去！别以为日本威士忌有多了不起，呵，一瓶余市都能抢破头！我们这老祖宗的东西才是最好的，但凡自诩是威士忌酒徒的，我看竟是些没见过市面的登徒子。若是风雅之士，断然不会沉迷于一些流行的新潮玩意，像是同治年间的内阁学士翁同龢（他拱手做出一个"承让"手势），他便有言"访伯寅于酒肆，得见宋本数种，皆黄氏百宋一廛所收，妙极"，这吃酒是多么风雅的事情！连这小小的酒瓶子都有说头，得经得住把玩的，最好是宋瓷，清人尤爱宋人，吃酒要公正，不可由得人贪杯，所以这就解释了"公正杯"的来由。

都说酒后吐真言，可邱老师的这番真言着实吓坏了餐馆里的人，大家用异样的眼神看着他，想要通过鄙夷的目光赶走我俩。我说不清为何对老邱有一些好感，或者是他的为人激起了我的同理心，我不慌不忙地理好老邱的东西，拿过他手中的酒瓶，架起他往门外去。我虽拖着老邱，却走得潇洒，这无疑加深了餐馆群众的异物感，他们越发凶恶地盯着我看，可我已经不在乎了。

老邱后来告诉我，他之前遇到的女孩都是因为太现实而跟他分手。他的第一个女友是历史系的同班同学，他追了三年才成功，可两人刚在一起就要面临研究方向的决选，女生识时务地选了改革开放以后的中国发展史，并以此敲开了国家机关的大门，老邱则坚持做他喜欢的晚清上海历史研究，被女孩说成是腐朽的"老八股"，最终道不同不与他为谋。第二个是将门之女，是女孩先追的老邱，据说是看上老邱身上忧郁的书生气质，老邱自己打趣说"总有人口味重，喜欢病态美"，两人之所以没走到一起，是因为老邱不想拖累女孩，或者说，是老邱打了退堂鼓，他自认为配不上这种身家的千金小姐。第三个跟我的情况有点像，也是经由朋友的朋友介绍，相亲认识的，对象是位有两个孩子的单亲妈妈，老邱蛮喜欢这两个孩子，也不介意做孩子们的继父，可是老邱和这单亲母亲交流上却有诸多障碍，只要老邱开口提到任何历史人物，单亲妈妈就会扯到孩子的成长教育上来，老邱缅怀过去，妈妈就展望未来，直到他们搬到一起住了，单身妈妈无意中弄坏了老邱收藏的一系列宋元旧椠，老邱才把心中的郁结一通宣泄出来，可单身妈妈不能理解，在她看来，这不就是一些破纸片吗？

他到现在提到那批旧椠还会顿足捶胸，他说，这是他攒了差不多十年的私房钱换来的，而这批古籍的价值远远超过他自身，一朝不经意，几百年的文士风雅就灰飞烟灭了。他之所以离开这单亲妈妈，不是因为生她的气，而是怕再见面勾起他对宋元旧椠的大憾。

由此，我忽然明白了为何老邱在醉后不愿睡去，还嘟囔说：这终归是命，是命！过了一会儿，他稍微清醒一点了，改口道：这就是生活，任凭你喧嚣着向左，它却呼啸着向右……奔去。

12
穿长衫的说书人

我置身老邱的话中，浑然不知地喝茶，他的话也带出我的另一个疑问，那便是：难道又要怪时代？如果沈小红活在当代，她是否就能幸福？

邱教授大学一毕业就进入社科院工作，他理应凭着资历而受到大家欢迎，他却因为不善言辞、脾气古怪而遭到同事非议，他说，每年春秋两季都会有新同事入职，新人往往头几天还跟他打招呼，等到站稳脚跟之后就对他不理不睬。老邱从不站队，从不评议政事，他一心只读圣贤书，却因如是而被同事排挤，有的年轻研究员说他身上有怪味，一种旧书在江南梅雨天返了潮的霉味。

老邱听了这话，非但不怪，反而显露出豁达，说，把我比作旧书，他这分明是在夸我。至于老邱家究竟有多少书，我想他自己也没数过，多到他60平方米的家里几乎没有人能落脚的地方——门口玄关放着的是《古文观止》，鞋柜上却摆着《山海经》，再往里走，茶几上全是书，《三希堂法帖》《石窟艺术研究》摊放在茶几对面的沙发上，唐宋诗词和复刻版的手札堆了几摞。围着沙发有几条小板凳，老邱说是给客人准备的，但板凳上面摆着张爱玲、鲁迅、胡适之几个人的全集，明显没人来做客。

我拿起张爱玲的《海上花列传》，翻看了几眼又放回原处，问：这书上一点灰都没有。

我倒是想积一些灰呢。老邱笑答，他随之移开了书，给我腾出坐的地方，接着说，落了灰才好，那我就有了晒书的理由。

那我以后借书可以来你这里了，刚刚走马观花地看下来，简直就是"五十万卷楼"。

小周你这样讲真是折煞我了，我首先就不比北大图书馆，又怎敢挑战岭南第一藏书人莫伯骥的"万卷楼"？我上次跟你提过的那位单身妈妈，她来了之后吓坏了，她说这么小的房子怎么容得下这么多书，我觉得她的言下之意是她没法带着两个孩子住进来，他们要是一进来，我的书就没地方放了，我记得，她当时跟我讲了一句话，她问我什么是"丈夫"，我答不出，然后她说"一丈之内才是夫"，倘若我俩人不能住在一起，作何还要缔结姻缘？

婚姻的问题，我不懂，但我觉得这是整个时代与社会结构的缩影，女人需要依靠男人来安身立命，似乎是一个经久不衰的问题，从《海上花》里的主角一直到所谓独立的当代女性，哪个不是试图给自己"赎身"，试图摆脱精神的桎梏……

你看过吴语原著的《海上花列传》？还是看的张爱玲的《海上花》，分作《海上花开》与《海上花落》两部？

都没有，我只看过侯孝贤改编拍成的电影《海上花》。

如果你懂得吴语，趣味自然更多一些，因为吴语中有一些有音无字的情况，文白交杂在一起，电影很难拍出这种意趣。不过上次你见我的时候，我们聊起"长三"来，你可没交代你看过《海上花》。

被老邱一语道破之后，我只好实话实说：确实是您的一席话才引起了我对"长三"的兴趣，听您讲完，我去补看了电影《海上花》。虽说演员讲的是上海话，却丝毫没有违和感，在那个语境下，我一个没有吴语基础的人都能听个大概齐。但如果您问我什么最吸引我，我觉得还是剧中的几个"新女性"，她们性格不同、命运各异，沈小红明明得了王老爷的心却刻意躲闪，周双珠和洪老爷都是"人精"，极懂得人情世故，也爱凑热闹，最独立的也是我认为下场最好的，就是李嘉欣扮演的黄翠凤，她将自己的赎金从 3000 元砍到1000 元，又挣了罗老爷贴补的 1000 元生活费，在那个时代活出了"新女性"的感觉。

哈哈哈，邱老师忍不住放声笑了出来，你怎么一口一个"新女性"的，怎么听上去像是另一个旧人在说话！我没有否定你对新女性的看法，但是即便黄翠凤离开"长三书寓"，重获了自由，她就一定能获得幸福吗？我对这个问题存疑。这个问题就好像在问，离了"书寓"的"先生"还是不是"先生"，我倒是不是说"一朝为妓，终生为妓"，而是在说她们是否离得了终日唱曲、弹琴的日子，习惯了被恩客簇拥、女仆殷羡的先生可能会"水土不服"，再加上她们的才艺无法施展，那这故意为之的逃出生天不就成了徒劳？

我不明白，您是在说她们生来活在众人的目光中，像演员离不开舞台？又或者，您说的是阶级问题？欲望总是不断升级，像是从普通妓女到"长三"的女校书，再到沪上红倌人，何时是个头？

欲望本就没有尽头，邱老师沏了一壶大红袍，好不容易从茶几下面掏出来两个干净的瓷杯，一面帮我斟茶，一面说，我这人欲望不多，吃喝不讲究，小周你将就着喝，喝茶。随后他又讲起"欲望"，他问我：你还记不记得电影里有个叫张惠贞的女子？

当然记得，沈小红因为王老爷打了她一顿嘛，电影一开头就在讲这件事。

没错，原文说的是"惠贞本不是小红对手，更兼小红拼着命，是结结实实下死手打的"，至于打成什么样，书里也说得十分明白——"早打得惠贞桃花水泛，群玉山颓，素面朝天，金莲堕地"。电影是取小说之精华，还原了一些味道，你看张惠贞的出场，她是典型的"扮猪吃老虎"，处处示弱，并以此来反衬沈小红的霸道、泼辣。人如其名，她的"惠"在于她自知无法和沈小红抢恩客，她充其量只是一个么二。这种低一等的身份让她被"先生"小红取笑，以至于她不能像沈小红一样陪着王老爷出局，她只能是金屋藏的"娇"，挨了沈小红的打也是应该。可她的柔弱扮相，却惹得王老爷的爱怜，这三人把对方都看得很清楚，张惠贞知道，沈小红越是来闹，王老爷就越是心疼她。

慢慢地，这张惠贞竟然变成王老爷制衡沈小红的工具了。

王莲生那是气不过，他待沈小红不薄，他养小红一半是真情，一半是出于自己的身份，那个年代，哪个大户来沪第一件要置办的不是寻一位"先生"？这是时髦，也是十里洋场"入世"的规矩。

您又说到规矩，当今还有规矩吗？

不是每个人都像黄翠凤一样得以善终，大部分人是海上飘零的花，飘着飘着就零落了。难道沈小红不晓得王莲生是真心待她好？她当然知道，但她为什么还要去姘戏子小柳儿，还被王老爷撞破奸情？她的恃宠而骄不是没有道理的，她知道两人相处的时日久了，感情难免会淡，所以她愿意看他生气，这比他不气不嗔更令她踏实。张爱玲在"译后记"里面，评价《海上花》里"写情最不可及的"，不是陶玉甫李漱芳的生死恋，而是王莲生沈小红的故事。王莲生在张惠贞的新居摆双台请客，被沈小红发现了张惠贞的存在，两番大闹，闹得他"又羞又恼，又怕又急"。她哭着当场寻死觅活之后，陪他来的两个保驾的朋友先走，留下他安抚她。小红却也抬身送了两步，说道：倒难为了你们。明天我们也摆个双台谢谢你们好了。说着倒自己笑了。莲生也忍不住要笑。她此刻竟能幽默一把，更奇怪的是，他也笑得出。可见他们俩之间自有一种共鸣，别人不懂。正如沈小红所说，她和王莲生的感情，王姥爷和张惠贞的交情根本不能比。

可我要是沈小红，我不敢这么去试我的心上人，万一一个不小心，把对方吓跑了怎么办？

如果他也把你当心上人，他自知与你才有共鸣，与旁人无，那你又有什么好担心？

怎么说呢……我男朋友现在就是这个情况（说这话时，我跟范思哲还没分手），我对他来说是嚼之无味、弃之可惜，但他也挑不着我的不是，我连一个妍头都没有，害得他想分手却说不出来。有时候我在想，如果我对他不那么好，像是黄翠凤一样清高地吊着罗老爷胃口，或是像张惠贞那样懂得利用男人的软肋，我男朋友也就不会把心思都放在片场，日日拂袖而去了。

邱老师又笑了，他端着茶比他吃酒要威严，我猜这到底是在自己家里，老邱的主场。气场使然，老邱像是一个穿长衫的说书人，屋内昏黄的灯光照在他身上，把他拉回到一百多年前的光景。他呷一口茶，缓缓地讲：张爱玲说《海上花》是"暗写、白描"，一律轻描淡写、不落痕迹，这质地大抵比沈小红身上的蝴蝶绣团还要细微，一切都是粗疏、灰扑扑的，让人身处其中，浑然不知。

我置身老邱的话中，浑然不知地喝茶，他的话也带出我的另一个疑问，那便是：难道又要怪时代？如果沈小红活在当代，她是否就能幸福？

你这样问是在责怪古人喽。我做研究的时候，力求史料的翔实、准确，尽量避开自己的评判，当然我也承认，没人能独善其身，作为史学家，你的评判就在你的书写之中。打个比方，你刚刚提到你男友对你不咸不淡，这也只是他爱你或不爱你的一个缩影，如果你认为他爱你，那他这样做就是故意激将，相反，你要认为他不爱你，他则是有意疏远你。沈小红那种人没办法活到当代的，你觉得某个朋友很像她，但随着你的了解，你会发现，越像就越说明不是……人生不正如此，你以为你离梦很近，其实却很远。老法"长三堂子"里的先生们，她们早就变成一曲遥远的歌了，随着岁月，永远暗下去了。

爱与不爱确实是感觉范畴的问题，大多数人已经感觉到对方不爱了，却还停留在有问题的感情里，觉得有总比没有强。我前两天看了一个微信推送，说的是，北京大概有80万不相爱的情侣正抱在一起安眠。

恐怕这数字远远不够。

邱老师，您不觉得自己过于悲观？您总在提出问题，却从未指明解决问题的方法，像是沈小红最后搬出了"长三"，这不该是她的下场，会乐里的所有人都像看客一样"视奸"她，没人肯帮她。

敢问，"视奸"一词作何解释？老邱问我。

有了互联网以后，就有了"视奸"，简单来讲，我不再关心我自己的事，我能通过网络看到全世界在做什么。我甚至可以在微博上挖出我男友新开拍的新戏的女一号是谁，她有没有小号，她的大号和小号分别都在向谁言情？比方说，她发了一条"早安，我的宝贝"，我就会查查看我男友有没有点赞，如果她发的是歌曲，我就会去我男友手机里找他是不是也喜欢这首歌，而且我会逐字逐句看歌词的内容，揣测她的言下之意。

这就是我不喜欢跟当代人交流的原因，我呀，不习惯每天刷朋友圈看看大家都在干什么。别人的生活干你何事？这样的"视奸"毫无意义，久而久之，让整个朋友圈都没了精神营养，你看点赞最多的一定不是写文章的人，而是那些炫富、旅游、晒美食美景的人。你可能一开始最反感这群人，但"视奸"得久了，就顺从了，自己也会成为这样的人。

我怕我也染上了"视奸"的毛病，就像张惠贞嫁与王老爷之后，本可以应分地做一个姨太太，却非要听是非，还要将"是非"请到王公馆来当面讲给王莲生听。张惠贞的"视奸"没给她带来好下场，她的幸灾乐祸撕破了她以前柔弱委屈的形象，让人觉得幺二就是幺二，无论怎样风光，也成不了"长三"。

好在，《海上花列传》到了最后，还给你们这些读者一个"公道"。这张惠贞也犯了和沈小红一样的错误，她得到的惩戒更重，因为她在王老爷眼皮底下搭上了王家侄儿，张惠贞且说且笑，却没能笑到最后。

您这么一说，我倒是想借您这本《海上花列传》来看了。

邱老师取来书，在茶几底下抽出一张旧报纸，裹了一圈，交到我手里，说：希望你看完了书，在感情这回事上，还能做到"当局者清"。但他话音未落，改口道：算了，你还是一直"迷"下去吧，况且我都不"清"，怎么再好意思劝诫你！我想说的是另一句话，嗯，总有人要做时代的底色，我不希望你跟我一样，陷入老东西里不可自拔。

我临走前，老邱多讲了一个读书的窍门，他像送孩子上京赶考的慈母，语重心长地叮嘱我：《海上花》是合传体书，你读的时候，不必由头到尾一字不落，你随性而读，反而收获更大。重要的是去体悟作者"穿插，藏闪"的写法，这样遍遍读来才会有不同的乐趣。

老邱说他是时代的底色，我说他是时代的气味。我在读完《海上花》后才有了些体悟。如果把人形容成历史，老邱可能是一段野史，就像他自嘲是"女校书之校书"，别人眼里的老邱，可能和他的研究对象一样卑贱。然而，我却喜欢他身上那种雨天的霉味，像是由东至西贯穿了整个旧上海的一种气味——从黄浦江到外滩，从外滩到四马路，从四马路经过中和里、东兴里、东公和里、西公和里，直到出了闹市，这味道才开始消散。至于海上的繁华梦，到底是女人们的梦，还是邱老师的梦，我已经分不清了。

每个人都忙着用她们的方式讨好心上人，却又囿于时代的限制，偷偷向时代"纳税"。我原本计划还了《海上花列传》后，再向老邱借一些别的同代书看。实际上，只有我知道，还书是借口，我是想听老邱讲讲他怎么看张爱玲，既然老邱自认与张小姐是同时代的人，他必定对"生活是一袭华美的袍子，里面爬满了虱子"有些特别的感触。《海上花》的英文名是张爱玲起的，名为"The Sing Song Girls of Shanghai"，"新桑葛二"的读音一出，满是洋泾浜英语的味道。若是在这些旧时的细部里寻找自己，一定会像老邱说的那般，深陷其中而不可自拔——排列繁多装饰丽，五光十色映楼台。

然而，我去还书的那天，敲了半晌的门，邱老师不在家，我坚持敲，最后敲出了隔壁的老太。

我说，我找老邱。

老太说，阿邱，个是撒宁啊？

我又在门口守了一会儿，老太忽然打开门说，哦，那个阿邱昨天搬走了啦。

13
真假渣男

金小姐自然是不会轻易相信他的话，一把夺过电脑，漫不经

心地瞥了一眼文件夹里的东西，就是这么一瞥，让她瞬间石化。

大约是同时，老邱搬家，范思哲出轨。我以前想过，让老邱帮我劝老范"回头是岸"，我也想过，找老范来拍老邱的故事，但入冬以后这两件事都相继落了空。今年的雪却比往年来得早，没到12月中旬，北京就迎来了初雪，我不看韩剧，所以不知道初雪的日子有什么特别的讲究，就算我知道，我也不管今年的冬天与去年有什么区别，直到我妈又订了几套貂皮大衣，她对着镜子试个不停，她忽然打趣我说：马上又到你生日，今年相亲失败了可能是风水问题，明年说不定会旺呢？她进而劝我，赶快总结一下你的失败经历，知耻而后勇，戊戌一到，大展宏图！

我倚在沙发上，斜眼看我妈试衣服。她把小小的试衣间翻了个底掉，10平方米的空间竟让她走出了巴黎时装周的感觉，哪条围巾搭配哪件大衣，怎么才能最好地彰显她"泼天的富贵"，为此她可是煞费苦心。有时，我情愿变成我妈这样的女人，只为美而活，只为在牌友面前有面子而活，总之不要过于追求灵魂和精神上的同步，用我妈的话说就是，"都是凡人，一副臭皮囊，活得高兴才重要"！

反而是金小姐，她成了最着急我婚事的人，她说，眼瞅又到你生日了，你怎么着也得找个"准男友"。我笑了，"准男友"不就意味着不是真正的男友吗？您要非有这个愿望，我就淘宝 50 块雇一个。

金小姐揉着我的脸说，你这脸的手感不如一个月前好了，时不我待，女人最不待的是胶原蛋白啊。接着，她掏出手机开始在通讯录里寻觅目标，边看边说：直男、年纪差不多、学历别太高、长得能看就成，会做饭，爱做家务，有趣，不掉书袋，不话痨，对了，还得大方、舍得给你花钱……再加上要独立、聪明、不妈宝……这样算下来，我觉得我家"圣母 Z"最合适你了，可遗憾的是，虽说是你先认识他，但你没珍惜机会，他现在是我的了。

"圣母 Z"自然也不是天生的圣母，他之所以能够成为女人们的知心大哥，又能俘获仙女金小姐，凭的也是他阅女无数且过目不忘的本事。如果他的初恋女友再次出现在他身边，没等人家姑娘靠近，"圣母 Z"身上的雷达探头就已启动，他自诩说，他能从他手边咖啡杯上苍蝇翅膀震动的频率里，判断出他与迎面走来的前女友之间的距离。金小姐说，要是苍蝇敢落在她脸上，她肯定一巴掌拍死它。

我相信，金小姐言出必行，她是我见过的姑娘中最果敢的一位，但令我没想到的是，有天晚上，她约我在她家楼下喝酒，她拖着一瓶"黑方"来了，还没轮到我说话，她自己先干了三个 Shot。她说她失恋了，我陪她又怼掉三个 Shot，我替"圣母 Z"求情说，他是不会爱上其他女孩子的，他没那个胆量。此话不假，任何男人都逃不过金小姐的如来神掌，金小姐让他在《甄嬛传》第二集用白绫自裁，他一定活不到第三集。就是这样的金小姐，哭起来才让人心疼，在她把自己喝断片之前，她终于开口讲了她和"圣母 Z"分手的原因。

金小姐说，大概两天前的晚上，她在"圣母 Z"家里帮他打扫屋子（虽然我至今没法相信金小姐为何变得如此贤惠），正在擦笔记本电脑屏幕的时候，无意间点开了一个空白相册，那相册里分明有东西，但却被设置成"不可见"，这一下引起了金小姐的好奇心，她尝试打开相册，却遭遇了"需要密码"的对话框。她锲而不舍地试了不下 100 个密码，从他的生日到她的生日，再到他俩的纪念日、银行卡密码、身份证号等等，都不对，她急了，立马找来了她公司的电脑工程员，让这工程大拿现场破译密码。大拿在破译之前，唯唯诺诺地问了她一句，金姐，真的要做吗？不犯法吗？结果被金小姐的"姐在哪里，法就在哪里"给擒住了。工程大拿算了三小时后，在金小姐昏昏欲睡之时，成功地让不可见的东西可见了。大拿打开文件夹的第一动作就是飞速扣上了电脑，金小姐听出了其中异样，马上睁开眼望了过去，大拿怯怯地站起身，抱着电脑说，金姐，这电脑中了木马，我拿回去修一修吧。金小姐自然是不会轻易相信他的话，一把夺过电脑，漫不经心地瞥了一眼文件夹里的东西，就是这么一瞥，让她瞬间石化。

她抱着我一把鼻涕一把泪地哭道，最让她气愤的是，"圣母Z"为什么不把这些床照藏好，非要让她看到那女人的淫贱模样，要是美女也就算了，长那么丑有什么资格卖弄风骚？

电脑呢，你没当场把它砸了？我问。

眼瞅着金小姐喝大了，她把我当成了电脑，抱着我奋力摇晃起来，说：我也不是那么小气的人，你留就留吧，怎么不把照片藏好了，非要漏出来给我看，你以为我想看啊？！

当我把这话原封不动地复述给"圣母Z"听时，

他也哭了，他弓着背低垂着眼帘，一度不愿意抬头跟我讲话。他憋了很久，蹦出了一句话，姐，我真是冤枉的。他说这电脑根本就不是他的，是他一个女客户的。

既然是客户，为什么不一早跟金小姐直说呢？

不能说啊，以她的性格肯定觉得我在勾三搭四，这客户确实受到了些感情挫折，找我来谈心，顺便就把她的电脑搁在这里了。"圣母Z"跟我解释的时候，每隔10分钟必喊一次冤，他说最冤的是，这电脑甚至都不是她客户的，而是她客户未婚夫的。所以说，这来路不明的电脑里袒胸露乳的陌生女子，不仅跟他素昧平生，而且是八竿子打不着的关系，是完全陌生的陌生人。他起初以为金小姐只是吃醋跟他闹变扭，就嬉皮笑脸地故意气她说，这是他前女友，这些艳照是他故意忘记删，但后来金小姐一怒之下换了家里的密码锁，将他拒之门外，这时他才意识到完了，事情闹大了。

"圣母Z"用渴求的眼神巴望着我，他说，我是他最后的希望，只有我可能让金小姐回心转意。说这话时，他整个人像是被抽了真空，他的意识从身体的各个角落流出，他说他快撑不住了，他不吃不喝在金小姐家门前苦守了三天三夜，都没能换来爱侣的一次眷顾。他又喃喃自语道，都是他不好，明知道金小姐心高气傲，还要故意激将，结果搞成这样，两个人都没了退路。

你别这么说，依你家老金的性格，过两天就好了，你别急。

可显然，我的话对"圣母Z"已经无效，他仍然哭丧着脸说，没用了，她都把这笔记本电脑的屏幕给换了……

换成啥了？我问。

换成……那个女的张大嘴呻吟的照片……

我扑哧一声笑了出来，转头看看"圣母Z"，他还是漏气一般的沮丧。我说，你振奋一点，这样吧，我帮是可以帮，但你必须先跟我一五一十交代清楚这件事的来龙去脉，不得掺假！

那是一定！"圣母Z"忽然来了精神，使劲点点头。

他说，他这客户跟我年纪相仿，属于事业有成的大龄剩女。家里人介绍了一个海归男孩给她，她就当是天赐良缘一样充满了期待，这一期待不打紧，却差点因为自己的单纯栽了跟头。在他们交往3个月后，这个海归相亲男终于露出了本性。这个男的在一次饭后，跟女客户提起自己的前女友，女客户自然是要问问为什么分手，男人说，都怪前女友太"作"，不懂得珍惜自己。女客户再一追问，相亲男十分不屑地说这前女友不自爱，两人认识两年，从不采取任何"保护措施"，以至于后来前女友意外怀孕，陷他于不仁不义的境地。

怎么"不仁不义"了？

这个海归男一听说怀孕，就开始嫌弃前女友，嫌人家学历、见识不如自己，嫌人家陪嫁嫁妆不够多，结果算来算去，得出一个结论，想结婚也行，只能在老家摆宴席，北京酒席就免了，男的根本不想出这个钱。

我插话道，说白了，人家男方觉得不值，也是奇葩。

何止奇葩？海归男花了6800块在老家报名参加一个集体婚礼，就是10多对新人一起结婚的那种，婚礼举办地也选在他们县城中心的广场上，这让新娘看上去像是去跳广场舞的。然后，他前女友就不干了，大骂这男的混蛋，立马跑去医院打掉孩子。女方家长后来又找这男的索要医疗费和营养费，这男的推推搡搡地拿了1万块钱出来。事后，这海归男假装忿忿不平地跑去前女友面前，先是吐苦水说自己也不容易，最后趁女方家人不在，甩出一句话来：我算了算，这些年我们上了多少次床，1万块平均下来，也不算贵，我也算没吃亏。

而我的女客户，就是遇到了这样的相亲对象，她那电脑里的女人就是这个海归男的前女友，你说她能不喝多了来找我哭诉吗？她真的走投无路，她明知这男的底细，又不能跟她爸妈明说，说了怕老人家不高兴。这奇葩男正是借老人来作挡箭牌，屡次跪在我客户面前，说什么全家都认定了她是儿媳妇，说什么她不能始乱终弃，否则自己没法跟家人交代……

你这女客户不会拒绝吗？遇到无赖，只能用比他更无赖的方法对付他。

你就吹吧，我问你，你会拒绝吗？那个淼淼在你家楼下哭了两嗓子，你就立马下楼阻止他，试问要是海归男这种千古奇葩在你家门前长跪不起，你受得了？

那女客户最后是怎么处理的？

她跟你一样，面子太薄，马上拉了这男的进门。这一下就玩完了，这男的一见到女客户的父母，跪下来直接就喊"爸妈"，说什么自己的父母已经认定了女客户这个儿媳妇，他今生是非伊不娶。然后转脸扯谎说，他和女客户原本计划今天去选婚庆公司，商量婚礼的具体事宜，但中间出了一点小误会，女客户生自己的气，所以就耽搁下来了。

奇葩这么一说，二老肯定向着他。

是啊，老人嘛，都希望女儿早点找个好人家，难免嫁女心切，看不清真相。我客户是气得不得了，但是又没办法，这男的口口声声说，再也不和前女友有任何瓜葛，电脑里却还留着"艳照门"的无限风光。可就是这么一个标准的渣男，却把我客户这么好的女孩吃得死死的，以至于我客户真就昏了头跟他去了婚庆公司。

机场旁边一个大厂房里，黑漆漆的一间婚庆公司，我客户说连营业许可证都没有，如果不是奇葩男带她来，她以为是什么丧礼公司。这么一间山寨婚庆公司，竟然号称是"京城婚庆第一家"，开出来的套餐都是五位数起，18888元、28888元、58888元、88888元不等，女客户问起为什么这么贵，婚庆公司只回答一个词——"专业"。他们的专业是只对高阶用户的，基本上只有明星和名流才知道他们公司，他们不对外营业，只面向精英中的精英。海归奇葩男也在一旁帮腔道，他也是托了关系才找到这家"神龙见首不见尾"的业内传奇。既然是传奇，自然有它传奇的道理，女客户自我安慰了一番，但令她跌破眼镜的事还在后面呢。奇葩男暗示她不要挑太贵的，省下钱来他们可以蜜月旅行，她便依着他的意思挑了一个18888元，但是这个最便宜的套餐里既不包司仪也不包化妆，甚至连场馆的布置费都要另加。女客户问了一下，如果不多加钱的话，婚礼会搞成啥样？婚庆公司的前台人员指了指后场漆黑一片的空地，说：喏，就这里喽，就算你什么都不装，开个灯也要加钱。

呵，我都不知道说什么好了。说这话时，我确实不知道该说什么。

最狗血的是，这男的说自己信用卡额度已到上限，没办法一次性刷那么多，于是让女客户先刷，自己之后再补给她。他见女客户有点迟疑，就虚与委蛇地说，以后都是一家人了，买车买房子的大头都会由他出，婚庆的这点小数目还在话下吗？等到"艳照门"事发，女客户找这男的去理论，要他还钱，他却说，他家三代单传只有他这么一个宝贝儿子，有车有房、游学海外，女客户能碰上他是几世修来的福气！他转而又指责，女客户应该反省一下自己，为什么他俩在一起三个月，男人连碰都不愿意碰她一下，更别说跟她一起拍拍"照片"了，还不是因为她没有吸引力？女客户被气哭了，她想骂人又不知道该从何骂起，可这奇葩男丝毫没让步，说什么想包养他的富婆大有人在，别说18888元了，后面再添俩零也不是没可能。听到这里，女客户才知道自己的钱到底进了谁的口袋，可这时已经无从申诉。她跑到我这里，哭了一整晚，临走却忘了把这最重要的"证物"带走，她想着，只要这些"艳照"还在她手上，这男人就不敢轻举妄动，要他还钱是不可能了，但至少要给她爸妈留一个面子，说到底，这海归男也是她爸妈找来的。

女客户的父母是怎么认识这男人的？

说来话长了，我客户比较忙，总是飞来飞去的，节假日也没空回家照顾爸妈。这老两口心心念念的只有这个女儿，于是就替女儿去相亲……经朋友的朋友介绍，见到了这位奇葩男。老人觉得，只要是海归就准保是见多识广的有为青年，谁知道会搞成这样？

我是不知道的，我总是后知后觉。

正如一年飞逝而过，我还没意识到自己又长一岁，生日就先到了。生日那天，我特意组局，叫上金小姐和"圣母Z"，前者本身扭捏着说不来，后者本身推却了说有事，却在我打着我有新男友宣布的幌子之下，纷纷如期而至。金小姐见到"圣母Z"，什么话都没说，独自一人坐到角落。"圣母Z"迟到了，他见金小姐躲他，一个人调了两杯鸡尾酒，犹豫了大概一刻钟，才蹑手蹑脚地凑到金小姐跟前。金小姐接过"圣母 Z"的酒，两人相视一笑，谁也没再提电脑的事。

生日宴的气氛奇怪，每个人都忙着自己的事情，却又都表露出对我的真心祝福，我想这大概就是成年人的节日，明知世上不再有纯美的爱情，仍舍不得放弃渴望爱情的权利，既冷清又热闹。

金小姐为我送上她自己烘焙的蛋糕，"圣母 Z"帮忙插上数字蜡烛，蜡烛特意摆了一个"13"，我见状笑道，合着我才步入青春期啊。大家一拥而上，一二三，跟我一起吹灭蜡烛。借着青春的由头，我也就毫不客气地左右开弓，手掌上各沾了一大块奶油向金小姐和"圣母 Z"抹去，随着金小姐的一声惨叫，她急切的呼喊"我这可是 Valentino2018 年春季的限量版裙子！"我觉得自己从宇宙回到了地球，迎面袭来一种 31 岁的踏实感。

14
虚实之间

我喜欢在他们乐队最后一首安可曲的时候出现，我喜欢

站在人群的最后，远远看着他在粉蓝色急速变幻的灯光下甩着

他的长发……

我不懂诗，我也不懂音乐，我更不玩游戏。就是这样的我，竟然爱上了写诗、玩摇滚、打游戏的"90后"青年梁莘。

在我背过的古诗里，记得最熟的一句是"风吹草低见牛羊"，这到了诗人梁莘嘴里，就变成了：

风

吹草

低

见牛

羊

单单是这"低"的断句方式，梁莘就琢磨了一个下午，他说这"低"到底是形容词还是副词，到底应该跟着前面的"草"还是挨着后面的"牛羊"，我中间试图塞给他一个苹果来打断他，却被他完全无视，用他的话说是，不要打扰创作中的他。

我第一次见到他，大概是在12月底，我无意间去了天桥一间叫疆进酒的Live House，本来是去听一个冰岛乐队，结果碰上梁莘和他的乐队暖场。他们演完了，在吧台要了几瓶嘉士伯，顺便帮我买了单，我当时在喝一杯金汤力，梁莘用略带讽刺的口吻问我，既然想买醉，怎么喝这么浅？

事实上，我那天晚上确实醉了，我借着酒劲坦白说，我是越单身越没人追，身上散发出一种"人畜退散"的气场。我醉酒后，梁莘拽着我，一路骂我怎么这么重，一路安慰我说我那是"宁缺毋滥"。他把我平安送到家，却没顺道摸上我的床，这让我对这个长头发、没胡子的小男生刮目相看。

第二天醒来，伴随的是一阵刺耳的敲门声。我睡眼惺忪地打开门，梁莘提着一兜子早点站在门前，他把豆浆、油条、豆腐脑、小馄饨、麻团、糖油饼、榨菜、小米粥一一端了出来，摆满了我家客厅的整张茶几。他挠头笑道，不知道你爱吃什么，只好什么都买一点喽。

最后，我只吃了一碗豆腐脑和一个麻团，他则一口未动，靠在沙发上看我吃饭，我问他干嘛盯着我，他说，因为好看啊。我伸出手去想遮住他的脸，却被他一下抓紧了，他有点严肃地告诉我，他可以来照顾我。我说我不需要他的照顾，老娘没男人一样过得很好，他正襟危坐地说，那这样吧，我可以不把他当人，当宠物就行。

梁莘高中肄业，辍学后就在老家一个小酒吧驻场，自学了吉他和鼓，他们省城里只有一个半吊子的吉他老师，琴弹得不怎么样，牛皮倒吹得响亮。这老师以前在北京混过，回到家乡总是给他们讲北京后海的故事，还有北京的姑娘有多美，一来二去，闯北京便成了小梁的梦。而他的知识大部分都是从音乐里来的，一开始听朋克，听重金属，后来听更有冲击性的，歌词更有内涵的。他会去研究枪炮与玫瑰乐队的《Civil War》，他通过一首歌了解了一个时代的思潮。他也喜欢深挖 Nirvana 和林肯公园的歌词的意思，他喜欢有些歌里面时代的影子，他感觉到有些东西垮掉了或正在垮掉，但只有音乐，只有诗性的东西才能捕捉到它们，像是"A Mulatto, An Albino, A Mosquito"这句就没什么意思在里面，它就是纯粹的诗性。

或者说，梁莘喜欢一切纯粹的东西。他因此也曾一度沉迷网吧，过着 50 块钱不知道是该用来泡吧还是用来租乐队排练场的生活。他的做法往往是今朝有酒今朝醉，有一分钱花一分，等到没钱了再担心生计问题。网吧的纯粹和音乐的纯粹有点不一样，梁莘说网吧带给他一种机械性的享乐，每天中午起床后就到网吧"打卡"，他第一款玩的游戏是石器时代，开机就是两件事，挂 QQ 和下外挂，接着等着看屏幕上的小人合击或被打飞。他骄傲地说，可不能小看开机这件事，它是非常有仪式感的，当然随着后来游戏软件和电脑技术的迅猛发展，开机的步骤变多了，他又要下插件，又要挂 NGA，甚者最后连外挂都发生了质的飞跃，脱机也能挂着去打 CS 了。如果说他第一次意识到北京的好是因为音乐，那么第二次则是因为游戏。他 18 岁那年，其他同学都在准备高考，只有他如火如荼地猫在网吧打游戏，他记得特别清楚，因为那年正逢 WCG，网吧老板搞了一台巨大的显示屏，在网吧里实况转播星际比赛现场，梁莘当时躲在网吧一隅，第一次感受到灵魂在深深为之颤抖，他说：我真是头一遭见识了什么是职业玩家，手速、反应速度都是让人叹为观止，甚至有一个大神可以"双操"两个英雄，这和他们老家那种"随便搞一斧子"的玩家完全不同，职业选手对赛事的认真程度都体现在细节里，人家是自带鼠标键盘去打星际的，甚至有个大哥自己扛着 19 寸的大屁股显示器去打比赛……

梁莘一口气吐出了几百万吨的信息量，到后来我觉得我的脑子变成飞着雪花的电视机屏，根本接收不到他的任何信号了。我不知道我看上了梁莘什么？也许是他的纯粹？但有一句话说得好，人总是喜欢与自己不同的人，我可能一辈子都没法成为梁莘这样的人，如此的乌托邦、形而上，如此的不实用。他所谓"照顾我"的话，我从没往心里去，因为我清楚得很，他还是个孩子，需要我来照顾他。

他有一阵常去灯笼、Dada 演出，又赶上滴滴停运，我怕他半夜打不到车，就主动开车去接他。金小姐说我在犯贱，"圣母 Z"说我这是被人下了降头，不知道为什么要抢着送上门，我试图争辩，但我也知道自己解释不清楚，只好嬉皮笑脸地糊弄过去。接梁莘的日子，让我心安。我喜欢在他们乐队最后一首安可曲的时候出现，我喜欢站在人群的最后，远远看着他在粉蓝色急速变幻的灯光下甩着他的长发，虽然我不怎么喜欢长发男孩，但我不能否认，长发是梁莘的一部分，我喜欢这样的梁莘，率性、自然、不装逼。那首安可曲的歌词是他写的诗，我记得大概是这样写的：

俗

恸哭

惊世骇俗

聒噪

引吭高歌

还不是俗

然而，无论台上再怎么风光，一回到家里，梁莘马上就变成一条"死狗"。刚开始，他只是瘫在沙发上，后来为了打游戏，索性把电脑搬到沙发前，被他抻出来的电线圈地为牢，把整个家缠绕成几个圈。他可以从凌晨1点一直玩通宵。等我早上去上班的时候，他还在电脑前大战群雄。

我们的生活慢慢养成了规律，凌晨1点半的时候，我准保要为他做一碗雪菜肉丝面，早上6：30，我出门前一定会帮他买好早点。他就负责吃，他有时也埋怨我这面煮得不如网吧的网管阿姨好吃，我说没办法啊我又不是网管，他便笑着搂我过来，从碗底捞出来垫满了的雪菜喂我，他说他打完这一局就来"犒劳"我。

我1987年的，他1990年的，他认识我之后常把俏皮话"女大三，抱金砖"挂在嘴边，但我们相差的这三岁，让我们经历了不尽相同的青春期。例如SARS那年，我16岁，已经上了高中，面临突如其来的传染病，我们全校都不上课了，但因为学校是重点高中，从校长到老师都很重视学生每天的自学情况，于是采用远程监控的手段，留了不下10本的练习册作业，那年

SARS，我几乎没离开过房间，每天奋笔疾书，生怕病情走了，作业还没完成。而小学刚毕业的梁莘就完全没有我的顾虑，他玩了整整一个暑假，虽然网吧关门了，但是家门口的小卖部却开着。那时流行收集小浣熊方便面的水浒卡，他趁着SARS每天去磨老板，让他把过期的方便面送给他。老板一看时疫之下没啥生意，就在关门前便宜卖了一箱子小浣熊给梁莘。梁莘抱着方便面回家的时候，可把他高兴坏了，当他照着方便面的生产日期，顺利开出"呼挺灼"的时候，更是喜从中来。但很快，他发现离集齐全套水浒卡还差两张，一个是白面郎君"郑天寿"，一个是锦豹子"杨林"，这两个人物估计要等下个月的货，可是小卖部已经关门，货怎么进来呢？为了能集齐这两个人，他在酷夏带着厚厚的口罩跑遍了全班同学的家，他用手头珍藏的一张"林冲"跟同学换了一张"杨林"，但总归还差一张"郑天寿"。等到SARS结束，网吧重新开张，他很快又忘了"郑天寿"的事，又重新投身他热爱的游戏事业中去。

梁莘是典型的"小奶狗"，他几乎是任我宰割的，我说什么他都同意。我们唯一一次吵架还是因为游戏，他熬了三天，通宵打《DOTA2》，我实在看不下去了，悄悄拔了他笔记本的电源，等到他电脑因为没电自动关机的时候，他气得从沙发上跳了起来，他那一跳差点把他摔死，因为他长时间闷在家里，作息不规律、不运动，导致他四肢乏力、严重缺乏营养，他跳得不高，却重重摔在我家的实木地板上，他本想指责我为啥拔掉他的插头，却累得口吐白沫。我把他送到了离家最近的医院急诊室，值班的护士连问了三次，这男孩年纪轻轻怎么会搞成这样子？我总不能说是不吃不喝打游戏所致吧，说了她也不会信。

我守在病榻之畔，陪了他三天。等到第三天早上，他煞白的脸上开始泛出红晕，我知道他就要醒过来了。他醒来第一句话是着急地问：电脑……电脑呢？这让我手里削着的苹果差点跌落地下，我握着小刀，恶狠狠地回他：以后都休想碰你的电脑了。他见我生气，马上又蔫了下去，不敢作声。事实上，他回到家后再也没碰过电脑，他有时半夜起床，手痒摸了几下键盘，一想到我可能会宰了他，赶紧又把电脑放回原位。

不过两个人的日常开销，确实比我一个人多出不少，如果梁莘还要组局请他们乐队的人吃饭，几顿下来，我基本已经"月光"了。有时为了省钱，我会假装孝顺，周末带梁莘去拜访老妈，其实我们三个都知道，这假惺惺的探望纯粹是为了蹭饭。作为朝阳区最精明强干的女人，我妈一眼就识破了梁莘的底细，她先后问了"你老家在哪里？""你在哪里高就？""你俩啥时候结婚？"三个问题，梁莘就缴械投降了，梁莘涨红了脸不知如何作答。我赶紧帮梁莘打圆场说，我们还没想那么多，走一步算一步呗。没想到，这句话激怒了我妈，她直接扯走了我的碗筷，用筷子怼着我的脑门骂道，我养你一个混吃等死的就算了，你倒好，不知道从哪里找来这么一个人。

我回嘴说，至少我没啃老，我啃的都是我自己挣来的血汗钱。

我妈冷笑一声道，就你们律所给你开的那点钱？笑话，前些年你做实习生的时候，没有我接济，你早就饿死了！我没想过你能报答我，可你至少不能找这么一个⋯⋯来气我啊！

我没听清我妈形容梁莘的字眼，她说的无非是"半吊子""小白脸""二胰子"什么的，我完全不在意。后来回家路上梁莘忽然攥紧了我的手说，他很后悔，他给我丢脸了。我也捏了捏他的手，十指紧扣，我告诉他，我以他为荣。

这话搁在任何时候，都是实打实的真心话，即便梁莘要玩一辈子的游戏，我也相信他可以玩得很好。毕竟我们已经生活在一个如此虚拟的世界，任何人都不过是他人的景观而已，梁莘对我而言的可贵之处，我日后再想，大概就来自他的真实感，他是一个活着的有血有肉有缺陷的人。而我，恰恰因为他，明白了自己要找的不是一个完美的男人。

正当我以为我们俩的小日子能够一直这么波澜不惊的继续下去时，梁莘的乐队竟然悄无声息地走红。他们一年前发的专辑莫名其妙地在各大传媒平台露出，然后迅速走红，甚至很快收到了"东方音乐风云榜"的邀请，请他们为榜单打榜。梁莘被这股势头推着走，一周之内走遍了十多个城市，远一点的像是黄山和温州都去过了，粉丝是清一色的00后小女生，穿着超短裙站在舞台下面，看着他表演，尖叫，然后簇拥着他走向下一场狂欢。

某个半夜，我接到了梁莘打来的长途电话，他在电话那头气喘吁吁地笑，他说他永远都不会忘了我，不会忘记我对他的恩情，还没等我回话，一个尖锐的女声就穿透了电话，伴着"滴—答—"的忙音没了踪迹。

2018年夏天，梁莘的乐队在全国正式做了巡回演出。自那时起，我们见面的方式也发生了巨变，他不再回家住了，不再给我打电话。我只能通过收看网络上的娱乐节目来了解他的近况。我给他发的微信总是有去无回，他在忙吧，梁莘怎么从一个具体的人变成了一个遥远的人呢？我一直在想这个问题，直到他终于回到北京，回我家来取他的东西。他的到来让我猝不及防，他穿了一身最新款的Balenciaga衬衫，配上时下最潮的老爹鞋，而我呢，只穿了一件棉质睡衣，衣服上还印着一个幼稚的米妮头像，那米妮被洗了太多次，颜色都掉得差不多了。我正准备开门放他进来，才发现他身后跟了一个穿着"恨天高"的大胸美女，这女的扮相精致，我猜光是她脸上的粉都比我这睡衣贵。

梁莘插着手倚在沙发上，刚想说什么却被他身旁的大胸美女打断。美女拿出了一个有些分量的白信封，往茶几上一摔，说，现在世道不好，很多新歌手都断档了，梁莘是我们刚签下的歌手，90后又很少会有梁莘这样肯花心思练琴、写歌的，大部分人都是为"红"而红，他们的声音里面没故事，所以这也就是我签梁莘的原因，这钱呢，是梁莘欠你的，你当是生活费也好，分手费也罢，你们以后别见面了！

她说得特别政治正确，搞得我根本无力反驳，似乎我再挽回，就是不为梁莘的未来着想。我意味深长地看了一眼梁莘，他还是像小绵羊一样躲在一旁，只是这一次他不再躲在我的身后。他随着她走了之后，给我发来一条微信，他写道：公司让我去上海发展了，那边机会更多，竞争也更大，我只能走一步算一步，你要多保重。

后来，我听金小姐说，梁莘帮范思哲拍的一部新戏写了主题曲，歌名是"很久很久之前"。我没有自作多情地去搜来听，更不可能去参加范思哲电影的首映礼。我厌倦了这些华而不实的东西，我不习惯目睹最亲密的人陡然转变。朋友们说我才是最纯粹的人，我笑笑。

再过一阵，我跟我妈的关系也缓和了，她倒是一点没变，还在挑梁莘的刺，其中我记得最清楚的一句是：走着瞧吧，他现在是一朝得势，他早晚得从一群男人的生活回归正常人的生活，等到他结婚、生孩子那天，乐队就得黄！黄不黄，几时会黄，我倒是不清楚。不过我妈骂了人之后，她自己开心了好一会儿，好像她成功地帮我开脱了这次的失败，她挤挤眼睛暗示我，我们娘俩才是患难与共的革命友情。

15

后相亲时代

我特意梳高了发髻，露出细长的脖颈，我想这样我仰起头来，这厮就只能看到我威严的下巴。而我不知从何而来的敌意在见到"亲家公"的瞬间，土崩瓦解了。

按照好莱坞电影的标准，我觉得我这一年里见过的男人，足可以拍几部类型长片，一个男人一个类型，或者几个人共享一个类型，现在的我虽不敢妄言"阅男无数"，但大致的几个类型已经了然于胸。我遇到的妈宝男、凤凰男、海归奇葩男虽不算太多，但每逢提起还是会恶心一阵子，反而是铁公鸡、自大狂、娘娘腔这类的男人最为常见，他们就像葱花和香菜，配合着不同的菜系、不同的料理手法，夹在煎饼果子里或盖在麻辣烫上，让人避之不及。

为了节省相亲的时间成本，我妈帮我拓展了一条新思路，她隔三岔五就发几个微信名片过来，让我加这些"青年才俊"（在我看来不过是葱花和香菜），好好培养感情。我起初是拒绝的，但扛不住"双子女神"一天到晚打电话催我，更绝的是，她不光打我电话，还直接给我们公司的领导打电话，开门见山地大谈我晚婚是如何影响公司总体业绩的。领导纵使在法律界摸爬滚打了三十多年，碰见我妈，也服了软，他劝我放放手头的工作，抓紧解决个人问题！

我不明白，我的个人问题碍着他们什么事了？再者说，我的个人问题怎么就成了问题？实际上，"青年才俊"比我还着急，我妈介绍来的其中一位，我们叫他 A 吧，刚加了微信就问我是不是自己一个人住，他说如果我一个人孤单，他可以来陪我。被我严词拒绝后，他立刻坦诚心意说，他挺喜欢我的，觉得我们条件般配，他可以马上搬过来住。我质疑他，这是不是太快了？他反倒指责我是读书人死脑筋，他说社会就是这样，大家都是各取所需，直接点好。我说，我们三观不合，恐怕这个需求取不到一块。他听后马上翻脸，连发 10 条信息骂我，说什么：

你会后悔的⋯⋯

你以为你是谁啊？

敢拒绝老子，给我走着瞧！

你这种人，难怪 30 多岁了还嫁不掉！

我要愿意，以我的身家，要嫁我的人都排到月球去了！

他看我不回复，隔了 10 分钟最后发来一条信息，我以为他是来道歉，结果，人家还是自信满满地说：⋯⋯你不要回头来求我。

无独有偶，我妈给我介绍的3个"才俊"都是这个路子。B同学也是一上来先表明"要知道我这样的人根本不缺女朋友"。既然如此，我就奇怪了，你这么优秀，干嘛还费劲巴拉地相亲呢？接着，B直接要我发一张素颜照片过来，我问他干什么，他说不相信微信相亲上的女孩，P图都太过了，他只喜欢邻家妹妹那种不加粉饰的玉女。我问，化妆有什么不好吗？B说，化妆的姑娘太浪，都是喜欢混夜店的小太妹，他一眼就能分辨。我真是拿他没辙，他对姑娘的偏见比我对他的偏见还大，谁料他还能说出更雷的话，他问我还是不是处女，问完之后他自己解释了半天说并非歧视处女，但他觉得婚姻神圣不可侵犯，他由衷地希望他未来的妻子是"处"，这样他才会觉得圆满。既然他都这么说了，我只能"哦哦"地敷衍两声。他看我不理他，转而谈起房子的话题，他说他就要在北京买房子了，可是房产本上要写他爸妈的名字，他说他爸妈养他不容易，他不能忘本。我忘了我怎么回他的，但我肯定是说了一个让他吃瘪的话，我好像说，我爸妈也不容易，我爷爷、奶奶、姥姥、姥爷、二舅姥姥、二舅姥爷、大姨、大姨夫、三叔公、二表侄都挺不容易，咱是不是应该写全了？

C 君，我就更不想提了，这个号称投行新贵的"青年才俊"一上来就问我月薪多少、分红多少、绩效怎么算，有没有持公司的股份。我支支吾吾地回应一番，他就指责我为人油滑、不够诚恳。我心想，还有人能比我更诚恳的吗？然后他揭了自己的短，告诉我他上一段恋情就是这样无疾而终，因为前女友太物质，他没法接受。我问，怎么物质了？他回忆起这段感情，表情显得异常悲痛，他说女孩哪哪儿都挺好，就是太那个了，他工资一月 9000 元，女孩一月 8500 元，女孩肯定就是图他赚得多才跟他好，不是真心爱她。我真是醉了，我反问他，你女友图你比她多赚的 500 元，她至于吗？他没接话茬儿，之后又向我要了一张写真照，我给他传了一张我妈穿貂的"写真照"，然后写道，"这是我妈，我比我妈花钱还狠。"这招果然奏效，C 君以迅雷不及掩耳之势把我拉黑了。

好一阵子，我每个月都要经历类似的 ABC 组合，金小姐笑我这比月事还准，她说我不如去代言卫生巾品牌"ABC"。她的高兴自有她的道理，她戴着 1 克拉的 Harry Winston 钻戒在我面前晃来晃去，她倒不是刻意炫耀，只不过这幸福来得太突然太猛烈，她宁愿一直这么沉醉下去，她掩不住笑意，说她要嫁给"圣母Z"了。我能说什么呢，我又没结过婚，没法给她过来人的建议。她说没关系，只要到时我出席就成，她希望我能做她的伴娘。如果不是出席他们的婚礼，我可能永远不知道"圣母Z"的真名叫王图。人与人之间的关系就是这么微妙，看似熟悉的人却一点都不熟悉，即便是我先认识的王图，我和他却没能走到一起。

"朝阳区千杯不倒"的金小姐大婚，圈里圈外的朋友纷至前来，有的是来攀关系、谈项目，有的是来买醉。金小姐对买醉的前男友们不予理睬，但请柬还是大方、妥帖地送到，她的目的就是要让前男友们抱在一起好好哭一场。王图真是一心向着金小姐，从Jimmy Choo定制的水晶鞋到顺义酒庄的露天大派对，他恨不得亲自整理好会场背景墙上的每一颗水晶，确认这绝非玻璃，也非人造水晶，而是货真价实的天然水晶。我从不反对金小姐搞排场，只是这次动作太大，为了保护水晶，王图请了十多个的黑衣保镖。

我穿着Vera Wang的束腰伴娘服和10厘米的Jimmy Choo高跟鞋，晃晃悠悠地穿梭在这些保镖中间，生怕磕碰到水晶，如果不是小球及时伸出援手，我已经失足跌入游泳池了。

小球代表一家出版社而来，她想找"圣母Z"写一本情感类畅销书，她抱着一只头上系有粉红丝带的小金毛，说，这是她为新人准备的礼物。她等了大概一小时，却都没捞着和新人们说话的机会，她带点焦虑地感慨说，这哪里像婚礼，根本就是一个高峰论坛。

就在"论坛"将近高潮的时候，司仪请我这个"大媒"上台发言。我没有司仪那么专业，可以讲出"人宅相扶，感动天地"这么深明大义的话，我只能说：我们都是30岁的人了，我感到困惑，这种困惑像是北京的沙尘暴、上海的梅雨和香港的台风，一年总要来那么几次，每次总要持续那么几天……能够认识他们俩是我的幸运，也许我的价值就在于让他俩相遇，如果我还能发挥一下余热，我会祝福他们接下来的日子相亲相爱，比水晶更绚烂，比阳光更朗灿！

下了台后，小球笑着问我，"朗灿"是啥词，她怎么从来没听过。我也笑了，这是我临时胡诌出来的，朗朗灿灿嘛，简而言之"朗灿"。小球说，看不出周小姐你还是个文人。文人我可不敢当，我见过正经的文人，所以不敢自夸。被我这么一说，小球起了兴致，她追问我见识的是哪位文艺界大咖，我迟迟不提老邱的事，反而激发了她的好奇。

好在赶上抛花环节，小球把她怀里的小金毛塞给了我，她一下子钻到人群间，虚位以待。随着王图的倒数，金小姐将捧花抛高，花在空中以一个优美的曲线下坠，一秒前还矜持的女生们此刻像疯狗一样向前冲，盯着花的走向快速挪动脚下的高跟鞋。小球挤不过比她壮实的大个女生，眼瞅着就要摸到花了却被撞开，我怀里的小金毛"旺旺"叫唤了两声，尘埃落定，花入他人手，小球羡慕地望了一眼抢到花的幸运儿，垂着脑袋走了回来。

你就那么想嫁人？我问小球。

不，也不是，但这好歹是福气吧，抢到了心里会好受些，至少感觉苦日子快到头了。

一个人有这么苦吗？不是挺自由的。

小球摸摸小狗的脑袋，说：这种苦只有我们这些单身狗才会明白，这只小狗是我儿子的儿子，您看我都当姥姥了，还没把自己嫁出去，多丢人啊。

不然你把小金毛送我吧，我替你养，反正我家已经有我这只"单身狗"了，不怕再多一个。

可它是我送新人的礼物啊……

你放心，金小姐不会养狗的，她没这个时间，"圣母Z"不是还要给你写书呢嘛，他养金小姐都快忙不过来了，哪还有空养金毛？

就这样，我硬是从小球手里抢来了这条狗，我抢狗的事很快传开了，变成一句谚语"别人抢花，婉京抢狗"。我倒是丝毫不介意别人怎么说我，我给这只3个月大的小金毛取名"面面"，就是希望它不要受外界是非的干扰，凡事都礼让三分，用北京话说，就是为人处世"面"一点。

养狗比养男人还累，事与愿违，我越是想让面面"面"一点，它偏就淘气得要死，如果我在家，它就粘在我身上，哪里都不让我去，如果我出门，它就把家中能咬碎的都咬碎，沙发、皮鞋、卫生纸都不在话下。我半夜打电话向小球求助，试图不让这小东西乱咬，但小球却温柔地安抚我说，小狗要磨牙，没办法的，它总不能拿你的手来磨牙吧？

面面真不是一只普通的狗，它是神狗，既要咬沙发，又要吃手。在它3个月到9个月的成长过程中，每天早上醒来都要含着我的手，我回家的时候也要舔舔我的手，晚上睡前还要再轻咬上两下，刚开始它不得要领，一度把我的手咬出了血，后来牙齿长齐了，它掌握了力度，就学会含情脉脉地含着了。小区里的大爷大妈是不可能明白它这种示好方式的，于是我只好给它戴上口罩，拴紧了绳子来遛。小区里的人本就怕我，看我现在多了一条狗，更是大气都不敢喘一下，见了遛大狗的我，赶快绕着道走。

可就算大爷大妈想绕道，他们家的小泰迪可不依不饶。泰迪虽然个小，但非常好斗，经常是一上来先给面面一爪子，然后藏在主人背后空嚎几声，佯装弱势。我家面面这时已经吓破了胆，腿一软瘫在地上，任凭我怎么拉它，它都站不起来。这样的情况发生过几次，小区的大妈就知道我是"纸老虎"，慢慢不怕我了。有时候，遛泰迪的大妈热心起来，说起哪栋楼有好男孩挺适合我的，还一脸殷勤地要撮合我们。这时，我总是故意松开狗绳，用让面面快跑的方式逃出生天。

说实话，我只是有点累了，我习惯了现在养狗的闲适时光。如果再让我重新跟男人相处，我怕我处不来。我感到面面比男人更需要我，便去哪都带着它，久而久之，我觉得是我对它产生了一种依赖。直到健身房的男教练劝我"不能眼里只有狗"，直到我在跑步机上奔跑时闻到自己一身的狗味，以为自己是一条奔跑着的母金毛，我这才发现，我陷入了一种新的困境——后相亲时代的困境。

等到面面开始有了性意识，一次散步时，它竭力挣脱了我的控制，跑出去两公里追赶一条已经走远的母金毛。我怕他跑丢，死也没松手，这让我足足被它拖出去600多米，导致了惨痛的代价：我的左腿划伤，右腿韧带撕裂。为此，我在医院躺了一星期，喝下我妈煮的各种乌鸡汤，吃下金小姐买的各式卤猪蹄。最后，我终于想明白一件事：面面有了自己的意中人，是时候要放手了，放它去追寻自己的幸福。

住院期间，面面不能没人照顾，我只好把它托付给小球。没过几天，小球兴奋地打来电话说，面面和它的女朋友准备结婚了。我说，你快闭嘴吧，我家面面还是个小男孩呢。小球笑了，它可不小了，都快一周岁了，也是时候该考虑个人问题了。随之，她问我要不要见见"亲家公"，就是上次面面去追的母狗家的爸爸。幸福来得太快，我推辞说这腿还没好，不方便见吧？小球说没事，她可以带"亲家公"来医院见我。

在我们两家正式会晤的前一夜，我彻夜未眠，辗转反侧，我觉得不能就这么便宜了他们家。而且，我们家面面年纪尚小，不该这么早结婚。我想，可能是那条母狗被谁搞大了肚子，偏要把这笔账算到我家面面头上……我活脱脱想出100条理由来推脱这个婚事，我明白，就算最后两条狗喜结连理，我也要争一个"亲家母"的面子。于是，我决定毫不客气地摆臭脸，至少下马威还是要有的，不然面面以后在女方家的威严何在？

翌日清早，我特意梳高了发髻，露出细长的脖颈，我想这样我仰起头来，这厮就只能看到我威严的下巴。而我不知从何而来的敌意在见到"亲家公"的瞬间，土崩瓦解了。

他笑了，脸颊上的"酒窝"一深一浅地绽着，他伸手扶我坐起来，他身上竟然一丝金毛的味道也没有。我也笑了，没绷住，不小心露出双下巴。他坐在我的病床边上，问我这一年过得怎么样，他的衣服还是服帖得不见一个褶。

他太耀眼了，我根本听不进他说的话。

我一直在酝酿，最后细声细语地问他：Edward，你呢？

后 记

这本书由 13 个小故事组成，基本都是主角之间的对话为主，用对话来建构叙事，同时也用对话来拆穿谎言。有人的地方就有故事，似乎只要开始讲话，人就会通过语言来美化自己，我笔下的"渣男"就深谙此道。如果为这本书另取一个名字，我想可能会叫它《北京渣男研究手册》。书的重点不在"渣男"，而是在"研究"上。因为书中的女主角是一个研究者，她对人的伪装感兴趣，她想要搞清楚他们为何伪装。当一个男人对你撒谎时，恰恰说明你对他很重要，他需要将你留在他的故事里。至于这是什么故事，故事又有怎样的全景，我想留给读者自行挖掘。

实不相瞒，这本书也讨论了为什么"我"嫁不出去的原因。无论是"妈宝男"淼淼、爱慕虚荣的冯辰、烧得一手红烧肉的阿董、顾寒咨喆的 Adam、喜欢他"发小"的陈浩锋、学究老邱、三级片导演范思哲、"90 后"青年梁莘等等，这些人物都没办法把"我"真正裹进他们的世界。说到底，书中的"我"是个不安于现状的人，因此也不能被锁在别人的故事里面。

写完这本书，"我"理解了我对自由的向往，这是源自我对生命的热爱，这种热爱不需要再找帮手来实现，我一个人足以表达。但我也知道，这种理由是不会被我妈和她的小伙伴们接受的。我妈"逼婚"的方法十分有力，她甚至不需要说话，只要带我多参加几次婚礼就行。婚宴上，面对同龄人的山盟海誓，我不可能无动于衷。再之后，我妈甚至都不用带我赴宴，因为她知道只要跟我去家门口的商场里走一遭，跟抱着孩子的阿姨们（她们已经幸福地当上了姥姥或奶奶）闲聊两句，我就会自惭形秽，她以为我会为自己在终身大事上的"落后"而深深自省。

事实上，我确实进行了自我批评，但我得出的结论却是——人生不应该像抢年货，非要赶在除夕夜前胡乱抓一把葱姜蒜。何况哄抢来的东西真能"管饱"一世幸福？我认为，所谓幸福，起码要建立在个体的独立与彼此的尊重之上。我明白父母是为我们好，但他们的"好"并不能直接转化成我们的幸福。在书的结尾处，即便"我"如愿以偿地与 Edward 重逢，即便我妈对 Edward 十分满意，也没人能保证这对年轻人在续集中携手终老。

　　相亲带给我最大的收获应该是心智上的成长。我通过与相亲对象们的交谈，见招拆招的过程中变成了更好的自己，一个乐观、自信、独立的女性，用北京话说就是"大飒蜜"。当然，我也曾谈过几次特别不成功的恋爱。最惨的一次是得知前男友根本没爱过自己后，一个人蹲在塞纳河边上哭。我当时哭得过于惨烈，以至于路人纷纷走来给我"free hug"（免费拥抱）。前男友听闻此事，事后发了一封长信来安慰我，他语重心长地说："人生的路还长，很多事情不要太放在心上。"由此看来，女人的眼泪根本没用，"渣男"的心可宽着呢，他绝不会因为你的失意而反省自己，他只会站在道德的最高点对你指手画脚。诸如此类的事情经历了许多，我却依旧活得像花儿一样，除了要自夸我的抗压能力，我觉得我更要感谢我的父母、朋友、读者、团结出版社——相亲路上有你们陪伴，真好！